# Lunas Gemelas

# Lunas Gemelas

Dunia Isabel Aplicano

Compre este libro en línea visitando www.trafford.com
o por correo electrónico escribiendo a orders@trafford.com

La gran mayoría de los títulos de Trafford Publishing también están
disponibles en las principales tiendas de libros en línea.



Francisco Amaya Barahona–Diseño y creación de portada.

Imprimé à Estados Unidos de América.

ISBN: 978-1-4269-6975-1 (sc)
ISBN: 978-1-4269-6976-8 (hc)
ISBN: 978-1-4269-6977-5 (e)

Número de Control de la Biblioteca del Congreso: 2011907880

*Fecha de la revisión: 05/25/2011*

**www.trafford.com**

**Para Norteamérica y el mundo entero**
llamadas sin cargo: 1 888 232 4444 (USA & Canadá)
teléfono: 250 383 6864 • fax: 812 355 4082

Esta obra esta dedicada
A mis sobrinos hermosos.
Daniel Alejandro Sevilla
"Eres mi inspiración"

# PROLOGO

Era una noche fría a principios de Octubre. Una joven se encontraba caminando sola en la carretera. Su nombre era Heidi, de tez blanca, alta, de cabellos oscuros y ojos castaños que enmarcaban su belleza, de unos veinte años de edad, era delgada pese a que cargaba un gran vientre de embarazo.
Caminaba muy lento con una especie de líquido resbalándole por las piernas, pedía ayuda desesperadamente con fuertes contracciones que llegaban a cada pocos minutos.
Pasaban vehículos uno tras otro, sin haber un alma bondadosa que se detuviera a ayudarle.
Al cabo de unos minutos, se detuvo a su lado un hombre en una camioneta; era de cabello rubio, y sus ojos color avellana grandes que expresaban una gran preocupación. Muy rápido bajo del auto y la sujeto por el brazo.

-Ayúdeme- dijo la muchacha, con mucho esfuerzo Porfavor...

Soltó un gemido de dolor, de no ser por las manos que la sujetaban habría caído de bruces al suelo.

-Señorita...- dijo él, preocupado-. La ayudare a subir al auto. Hay que llegar a un hospital rápido... veo que falta poco tiempo.

Tal cual, la ayudo a subir y arranco el vehículo. Iba a toda velocidad volteando la cabeza con frecuencia para ver a la muchacha. En un momento algo que llevaba colgando en su cuello le ilumino el rostro. Era un medallón de doble cadena, redondo, con la mitad de arriba de un color plateado y la orilla de oro, al centro un rubí en forma circular. Al mirarlo con atención se podía apreciar lo que en realidad representaba, eran dos medias lunas entrelazadas, y un sol en el centro.
Sosteniéndose el vientre la joven soltaba gritos de dolor que rasgaban el aire.

-Y...- pregunto el muchacho, para distraerla-. ¿Cómo te llamas?
Ella se volteo para mirarlo.

-Heidi- contesto.

-Yo... yo me llamo Frederick. Es un gusto.

-Si... para mi igual- contesto ella soltando un grito de dolor.

-Aguanta ¿si? Ya falta poco.
Llegaron casi corriendo a la recepción del hospital, una enfermera de mediana edad se encargo de atenderles.

-Buenas noches- dijo la enfermera.

-Buenas noches, señora -respondió el muchacho, algo nervioso-. Como podrá ver necesitamos ayuda con mucha urgencia.
-Ya veo, pero antes necesito que llene este formulario-dijo la señora, mirándolo con desgana entregándole un sin fin de papeles.

-Señorita discúlpeme pero me parece que no ha notado la gravedad del asunto. Esta joven que ve aquí necesita un medico de inmediato- dijo señalando a la muchacha que se encontraba en gran agonía-. Yo luego llenare todos los papeles que quiera.

-Está bien, está bien.- dijo la enfermera, asintiendo-. Marie-dijo-. Trae una silla de ruedas y llama al Doctor Louis de inmediato.
La muchacha asintió y fue a buscar lo que le pedían.

Mientras esperaban, el joven miraba a la desconocida que se retorcía del dolor, vaya que era hermosa, tampoco podia apartar la vista de aquel extraño medallón que llevaba en el cuello.
La enfermera no tardo mucho con la silla de ruedas. Sentaron a Heidi en ella y la empujaron hasta la sala de partos.
El joven vacilo antes de entrar, pero al ver el sufrimiento de la muchacha ingreso en la sala y le tomo la mano. Ahí se encontraba el Doctor listo para hacer su deber.

-Estarás bien... ya lo veras.-dijo algo aturdido.

-No me dejes sola... por favor no tengo a nadie más.- dijo ella, con mucho esfuerzo.

La enfermera lo detuvo colocando una de sus manos regordetas en el pecho del joven.

-¿Es usted el padre?-dijo-. Porque si no lo es tendrá que esperar afuera.
La miro muy serio.
-Yo soy el padre- dijo al fin sorprendiéndose de lo fácil que salió su mentira.
La enfermara lo miraba con cautela.

-Está bien... Pase.
Al entrar por la puerta vio como colocaban a la joven en la silla de parto, y a su vez colocaban sus piernas una en cada lado. El un poco desconcertado, se coloco en la parte de atrás cogiendo la mano de la muchacha que lo apretaba con fuerza.

Después de varias horas de esfuerzo, se escucho el llanto desesperado, que provenía de una pequeña niña recién nacida de cabellos rubios y unos grandes e hipnotizantes ojos color dorado.

-¡Es una niña!- dijo una de las enfermeras.
Heidi dibujo una gran sonrisa en su rostro y miro a través de sus cabellos empapados en sudor al muchacho que le apretaba la mano fuertemente con gran alegría.

-Es... una... niña...- repitió entrecortadamente.

-Es hermosa...-dijo el mirando a los ojos de la joven.
La enfermera tomo a la chiquilla en brazos y se la llevo a otra sala para limpiarla.

De repente Heidi se dejo caer a la camilla muy débil.

-¿Qué...?-dijo el muy impresionado, no fue capaz de terminar la frase.
El Doctor puso un gesto alarmante...

-Se nos va- dijo, con urgencia-. ¡Enfermera!
La maquina que anunciaba la respiración y el ritmo cardiaco de Heidi comenzaba a acelerarse.

-Señor necesitamos que salga-dijo la enfermera, sacando al muchacho de la sala.

-¿Qué?... ¿Cómo que se nos va? ¿De qué habla?-Dijo con un tono alarmante. -¿Pero que... que es lo que pasa? La niña nació ya ¿no? ¿Por qué reacciona así...?-dijo casi sin poder producir sonidos de su boca.

-Señor salga, por favor.

En ese momento la muchacha con gran esfuerzo tomo el medallón de sobre su pecho y lo separo en dos partes; tomo la mano del muchacho y este al deslizarla para salir de la sala noto lo que ella le había entregado. Un pequeño medallón dorado en forma de media luna. Se volteo para preguntar a la joven el porqué del presente, pero ella reposaba inconsciente sobre la camilla. Así que salió de la sala casi a empujones.

Adentro el doctor se esforzaba por hacer reaccionar el corazón de Heidi. En un instante se quedo observando a la muchacha muy serio.

-¿Qué pasa?- pregunto la enfermera.

-Marie prepare todo. Vamos a tener que practicarle una cesárea de inmediato.

La enfermera sorprendida comprendió lo que estaba sucediendo, la joven ahí acostada estaba embarazada de gemelas y su parto se había complicado.
La muchacha se apresuro a preparar todo para la cirugía.
Al cabo de unas horas lograron sacar a una pequeña niña, pero esta de cabello oscuro y ojos color dorado igual a la anterior. La enfermera la llevo en brazos a otra sala para limpiarla.

A pesar de toda la labor del doctor no había acabado ahí. La joven madre todavía seguía luchando por su vida. Parecía que solo había pasado un segundo cuando su corazón se detuvo de golpe. El doctor corrió a aplicarle RCP, pero no había nada que pudiera hacer para traer a la joven de vuelta. Al acabar, observo a la muchacha con una gran decepción de sí mismo en los ojos.
No había podido salvarla.

Camino hacia la sala donde habían llevado a las pequeñas y las miro con gran tristeza, eran gemelas idénticas. El doctor no pudo evitar fijarse en los raros ojos dorados de las niñas, nunca había visto algo así.

La enfermera entro y caminaron juntos hasta la sala donde se encontraba el cuerpo de la madre; noto algo diferente en ella, era como si faltara algo, trato de recordar; y en efecto así era el medallón que relucía sobre su delicado cuello ya no estaba.

-Enfermera... alguien ha entrado a la sala. Corra y avise a seguridad- dijo él con un tono de alarma.

Pero cuando volteo vio que ella estaba a su lado y frente a ella un hombre vestido de negro la miraba a los ojos fijamente.

-¿Quién es usted?- exigió saber el doctor- ¿Que hace aquí?
El hombre no se inmuto. Volvió la cabeza para mirarlo a los ojos. Entonces sintió como desgarraban su mente, quiso gritar... correr...hacer algo lo que fuera, pero no pudo.

Cuando abrió los ojos de nuevo, vio como la enfermera cubria el cuerpo de la joven con una manta. El desconcertado y sin saber que decir, se acerco a ella.

-¿Qué?... ¿qué ha pasado?- preguntó.

-Que la perdimos, Doctor- dijo la enfermera, con suavidad-. Hay que avisar a su familia.

-Pero... el hombre...- no pudo terminar la frase, al ver como la chica lo miraba con preocupación en el rostro.
-¿Que hombre?- pregunto-¿Se siente usted bien?

-Si- dijo el en voz baja.

-Hay que preparar a la niña para entregarsela a su padre.

-¿Qué...? ¿La niña? pero... ¿que no son dos?- pregunto el con sorpresa.

-Doctor creo que usted esta muy cansado. ¿De qué habla? Esta mujer solo tuvo una pequeña.

El Doctor pestañeo tratando de recordar pero todo era como si solo hubiera sido un sueño. Trato de recordar el parto, y en efecto solo recordaba el nacimiento de una niña.

-Tiene razon- dijo sacudiendo su cabeza- Debo estar muy cansado.
Cuando fueron a la sala de aseo para los bebes se encontraron allí con una chiquilla dormida con los brazos sobre su pecho; luego se dirigieron hacia la sala de espera para darle la noticia al padre de la criatura.

Al verlo este se levanto corriendo de la silla donde esperaba ansioso.

-¿C-cómo... esta?-pregunto tartamudeando.

-Pues... la bebe esta en perfectas condiciones. Pero su esposa... ella ha fallecido, lo siento. El parto se complico y no hubo manera de salvarla.

-¿Qué...?... Esto debe de ser una broma... ella no pudo... no...- no pudo seguir hablando al ver la cara seria del doctor.
El no parecia estar haciendo una broma.

-No puede ser...- dijo en voz baja.

-Señor estamos preparando a la niña para que pueda llevarla, esta completamente sana... En cuanto a lo de su esposa. Lo siento mucho.

<<Pero que voy a hacer ahora>> Penso el joven. <<Que voy a hacer con una niña que no es mia>>

-Si... si esta bien- dijo mirando al suelo, sin poder creer lo que acaba de escuchar.

Y con eso el doctor dio media vuelta enviando a la enfermera por la recien nacida.

Frederick tomo asiento en una de las sillas de la sala de espera, pensando en la niña y que haria con ella.

-Lo mejor sera llevarla a un orfanato -dijo para si mismo-. Y esperar a que la adopte una buena familia. –dijo viendo el medallon que aun sostenia en su mano.

Al poco rato vio salir a la enfermera con una pequeña envuelta en una manta.

-Señor- le llamo con suavidad- Aqui esta su niña... Es muy linda- añadio con una sonrisa.

El bajo la cabeza para ver a la niña. Desde ese momento quedo hipnotizado por aquella mirada. La tomo en brazos y se le quedo viendo con mucha ternura.

-Eres preciosa- le dijo.
La niña solo se movio en sueños.

- Le traere los papeles que debe firmar-Le dijo la enfermera-. Siento mucho lo de su esposa.

- Ah....Gracias- dijo el, algo confundido.

La muchacha dio media vuelta y salió de la sala.
Sabia que si firmaba se darian cuenta de su mentira, y que el no era el padre de la niña; asi que sin ser visto salio de inmediato del hospital con la bebe en brazos.

Ya afuera, agradecido de no haber sido visto coloco a la niña dentro de una caja de comida en la parte de atras y luego se apresuro a subir el tambien para poner el vehiculo en marcha.

No se dio cuenta de cuanto tiempo condujo por la carretera, hacia mucho frio y el estaba preocupado por la niña, asi que se detuvo al lado del camino, quitandose la chaqueta salio del vehiculo hacia la puerta de atrás. Cuando la vio el tiempo parecio congelarse, el nunca habia visto una bebe tan hermosa, suavemente y con mucho cuidado de no despertarla coloco su chaqueta sobre la niña y la envolvio con ella.
Subio al asiento del conductor y puso a andar el auto.
Estaba muy cansado sus ojos se cerraban lentamente y cuando sintio que su conciencia se iba poco a poco, la recupero de un salto.

-No te duermas. No te duermas- se dijo a si mismo desesperado. En lo que comenzaba a caer un poco de lluvia.

-Genial- se dijo- lo unico que me faltaba.

Trato de concentrarse en el camino cuando de repente vio la figura de un hombre parado en medio de la carretera, freno con tanta fuerza que su pie casi atravesó el suelo. Trato de recuperar el control cuando vio volar al hombre frente a su vehiculo.
Salió del auto una vez más; Esta vez temiendo por la vida del hombre que acababa de arrollar con su camioneta.

<<Lo he arrollado, lo he matado>> penso.
Pero para su sorpresa el hombre ya no estaba. Lo busco bajo su coche, en los alrededores, pero no lo encontro, era como si lo hubiera imaginado.
Sintio un frio recorrer su espalda y escucho pasos que se acercaban despacio. No podia moverse no importaba cuanto lo intentara; estaba muy asustado.
Algo lo hizo dar un salto, era la pequeña que iba con el habia comenzado a llorar desconsolada.
Se relajo y abrio a puerta para verla preocupado de haberla lastimado. Cuando se asomo ella hizo silencio y abrio los ojos dirigiendolos al joven, le causo tanta ternura que no podia apartar la mirada de aquella pequeña tan desafortunada y pensar que solo hace unas horas habia nacido y quedado huerfana al mismo tiempo.
La miro por un rato pensando que no podía dejarla en ningún orfanato, ¿Cómo iba a ser capaz de abandonarla?

-No puedo- se dijo.Subio a su coche y la llevo a su casa.

Al llegar cargo a la niña y con mucho cuidado la coloco en el sofa, vio a su alrededor y se dio cuenta que su casa no era muy adecuada para una bebe; el aire

entraba por las ventanas y las paredes tenian pequeñas rajaduras asi como tambien el tejado, por donde entraban las gotas de lluvia por lo que tenía que colocar recipientes debajo.
Con una mueca de decepcion se dirgio a la cocina a preparar la leche que habia pasado comprando de camino a casa. El era muy pobre no le habia alcanzado el dinero para mas que una lata de leche, un pequeño biberon ademas de una bolsa de pañales.
Cuando la leche estaba lista probo la temperatura derramando una gota sobre su brazo, al sentir que era adecuada tomo a la pequeña en brazos colocando el biberon suavemente sobre su boca.

-bueno- dijo con un suspiro- todo saldra bien ya lo veras. Yo voy a cuidarte, sere como un padre para ti, y aquí estaras a salvo. Eres tan Hermosa- susurraba con ternura- tu madre tambien lo era.... Pobre muchacha. Pero bueno ya todo pasó y ahora estas aqui conmigo asi que lo primero que haremos sera encontrar un lindo nombre para ti.... ¿Qué tal Eva?, o Heidi como tu madre o ya se.... Elizabeth. Ha ese es Elizabeth y yo te llamare lizzie.- dijo con una sonrisa cansada.

Cuando esta acabo su biberon la recosto en la misma caja que ahora tenia unas mantas por debajo para hacerla mas comoda. Se puso de pie colocando sus manos en las bolsas de su chaqueta. Recordo el medallon que llevaba en una de ellas y lo saco para verlo. <<Es extraño>>penso. Recordando el momento en que la madre de la niña se lo habia entregado. <<La madre de la niña>> recordó, y se arrodillo para colocar suavemente el medallón sobre el frágil cuerpo de la pequeña.

-Creo que a ella le habria gustado que tu lo tuvieras- dijo con tristeza.

Luego fue y trajo unas sabanas que coloco junto a la caja donde descanzaba la pequeña y se quedo dormido ahi cuidando su sueño.

En lo mas profundo de la oscuridad de un castillo, en un lugar muy remoto se veia una luz que provenia de una colgante en forma de una media luna de color plateado que descanzaba sobre una cuna. Pero lo que mas llamaba la atencion era el llanto de una pequeña recien nacida de cabello oscuro y ojos que brillaban en un profundo color dorado.

# Capitulo uno
## Nuevos comienzos.

Era una mañana fría y nublada, los comienzos de noviembre mostraban las lluvias y los arboles ya sin hojas.
Elizabeth miraba por la ventana del pasajero nerviosa pensando varias cosas a la vez. Mientras su padre conducia a través de la carretera en las afueras de Washington con nostalgia reflejando sus ojos fijos en el camino que los llevaria a su nuevo hogar; dejando atrás su vieja cabaña en West Virginia; donde habia vivido tantos buenos momentos con la niña que habia criado como su hija, y donde tambien la habia visto crecer y convertirse en una hermosa joven de diecisiete años. Sus cabellos que antes eran de un color rubio muy claro, ahora mostraban algunos hilos de color blanquesino, y su rostro reflejaba los años que habian pasado desde que habia encontrado a aquella muchacha en la carretera, recordaba como la habia llevado al hospital cuando estaba a punto de dar a luz y recordaba tambien como habia muerto en el parto de la pequeña que ahora descanzaba en el asiento del pasajero distraida como mirando a la nada.

Despues de tres dias a través del pais por fin llegan a su

destino a una pequeña casa en las afueras de la ciudad de Washington D.C.
Frederick se dedicaba a la fotografía periodística y acaba de conseguir un empleo permanente en el "Washington Post" Lo que requeria que se mudara al estado de Washington un lugar muy lejos de su hogar, pero que valia la pena si queria que Elizabeth tuviera un futuro asegurado.

La casa era pequeña pero no comparada a su antigua cabaña y estaba pintada de un color blanco con balcones azules.
Bajaron las maletas de la parte de atrás del vehiculo y se dirigieron al interior de la casa, no sin antes apreciarla por fuera.
Las paredes del interior pintadas tambien en color blanco reflejaban la luz que entraba por las ventanas del frente de la casa, que se hayaba amueblada con sofas de color café que hacian juego con la alfombra y las cortinas; Una mesa al centro de la sala justo debajo de un candelabro que daba la ilusion de ser de cristal ademas de un televisor que descansaba en un mueble de madera color caoba. Toda la casa daba un aire acogedor.

-¿No te parece hermosa?- dijo Frederick mirando a su hija quien entraba muy timidamente a la sala.

-Si Papá. Si que lo es- dijo con tristeza reflejada en sus ojos de un color extrañamente dorado.

-¿Qué pasa Liz? Se que es dificil para ti un cambio tan drástico, pero ya veras como te acostumbras poco a poco. Ademas comienzas la escuela mañana, ahi haras nuevos amigos y tendras nuevos maestros que estoy seguro seran estupendos. Podras venir a casa cada fin de semana, no es como si no volveremos a vernos.

-Papá, por favor no te preocupes por mí. Yo estoy bien, ademas tenemos tantas cosas para estar felices, tu nuevo trabajo, nueva escuela para mi, y todo será mejor para nosotros ahora, lo entiendo- dijo con una pequeña sonrisa dibujada en sus rojos labios.

Su padre la abrazo con cariño sin notar la tristeza que cruzaba por los ojos de la joven.
Ella nunca fue capaz de decirle a su padre que no eran sus amigos a quienes extrañaria ya que ella no tenía ninguno. Desde que era muy pequeña y asistia al kinder garden sus compañeros y niños de las otras clases no se acercaban a hablar con ella, todo lo contrario le temian, por diferentes motivos pero todo comenzó cuando iba en pre-escolar. Cuando en el receso un grupo de niños incluida ella se reunieron para jugar el pato y el ganzo,
Todos los niños se sentaron en un círculo en el patio de la escuela, donde habian toda clase de juegos para los pequeños habian columpios, sube y bajas, pasamanos, una gran caja de arena; todo sobre en el verde pasto que cubria todo el patio. Los juegos pintados de hermosos y brillantes colores, además de las paredes cubiertas por enormes pinturas que mostraban desde el abecedario, hasta dibujos del arca de Noe y todos los animales.

Uno de los pequeños comenzó a caminar alrededor, tocando sus cabezas al pasar.

-pato...pato....pato- iba diciendo deteniendose justo

detrás de la pequeña Elizabeth. – Ganzo- dijo de pronto.

La niña se levanto para perseguir a su compañero cuando de repente este tropezó en la raíz de un árbol que sobresalía golpeando su cabeza al caer. La herida era profunda y chorros de sangre caian sobre su cara hasta el suelo. Al ver esto Liz corrió hasta alcanzarlo poniendo una mano sobre su herida produciendo un haz de luz blanca y brillante pasando de su brazo hasta la cabeza del pequeño que la miraba con terror. La herida cerró poco a poco dejando nada más que una pequeña linea de un rosa palido sobre la frente de su compañero. Este del miedo que le producio lo sucedido aparto a la niña de un golpe. Nadie pudo explicar lo que paso a continuación, una ráfaga de viento comenzó a soplar por todo el patio moviendo violentamente las ramas de los arboles, y una luz apareció en el centro del grupo de niños, una luz producida por un objeto dorado que colgaba en el cuello de Elizabeth a la misma vez otro haz de luz brillaba en la frente de la pequeña dibujando una media luna como la de su medallón con sus picos en direccion hacia arriba; una fuerza invisible golpea al niño haciendolo volar estampándolo contra un árbol dejandolo inconsciente. Cuando todo paso Liz sintió sus piernas temblar impidiendole manentenerse en pie haciendola caer inconsciente sobre el suelo donde el pasto removido por la extraña fuerza dejaba al descubierto un enorme circulo de tierra a su alrededor.

Los maestros corrieron al ver a ambos niños en el suelo, pero cuando preguntaron a sus compañeros por lo sucedido ninguno encontró las palabras para describirlo, por lo que los maestros al reunirse con Frederick y los padres del pequeño, lo explican todo como un altercado entre los niños.

Despues de ese dia ninguno de los pequeños volvio jamas a jugar, hablar o siquiera acercarse a Elizabeth.

Al pasar los años despues del incidente a medida que ella avanzaba por la escuela primaria, media hasta su segundo año de secundaria, nadie pudo olvidar lo sucedido y cuando llegaban nuevos estudiantes los que ya llevaban tiempo ahi se encargaban de informarles el porque no debian acercarse a ella.
Sus maestros habian aprendido que al asignar algun trabajo de grupo en clase, ellos debian escoger como estarian formados los grupos de otra forma Liz trabajaria sola ya que nadie se ofrecia a trabajar con ella y aun cuando asi lo hacian sus compañeros la ignoraban por completo.

Elizabeth nunca le habia dicho estas cosas a su padre, no porque no le tuviera confianza sino porque sabia lo mucho que el odiaba verla sufrir, además que el se empeñaba en protegerla y aunque ella sabia que no era su verdadero padre se lo permitia ya que como fuera el habia cuidado de ella toda la vida. Pero apesar de todo lo que vivia dia tras dia estaba acostumbrada a su vida, a su escuela, a su hogar, y era feliz.

Ahora se enfrentaba a otro cambio en su vida, le atemorizaba asistir a una nueva escuela, ademas comenzar a mitad del año escolar.

<<Tal vez sea bueno. Tal vez todo cambie y sea mejor>>penso, volviendose para observar con mas cuidado el interior de la casa.

-Bueno... hay algo que quiero mostrarte- escucho decir a su padre que ya estaba a medio camino de las escaleras.
Caminaron por el segundo piso hasta llegar a una puerta pintada de color blanco al fondo del pasillo.

-Esta sera tu habitación- dijo Frederick haciendo un gesto indicándole a su hija a abrir la puerta.

Esta obedeció con un suspiro nervioso.

Al entrar noto que la habitación estaba pintada de un color blanco como el resto de la casa, en la esquina junto a la ventana se encontraba una cama personal con sabanas de color morado al igual que las sillas de estilo ingles antiguo que se encontraban en la otra esquina de la habitacion una mesa de color blanco y sobre esta un florero de cristal con unas hermosas rosas de color lila, y finalmente una computadora que se encontraba en un mueble frente a la cama.
-papá... es preciosa... haz recordado mis flores favoritas-dijo sonriendo con gran emocion.

-Como olvidarme si me encanta ver como sonries al mirarlas.
-Eres el mejor papá del mundo. Siempre haces todo lo que puedes para hacerme feliz, y para mi eso es mas que suficiente- dijo la joven sin poder contener las lagrimas que resbalaron por sus mejillas; el coloco una

mano sobre su rostro recogiendo sus lágrimas con la yema de los dedos.

-bueno- dijo al fin el padre colocando las maletas sobre la cama.

–Te dejo para que desempaques y descances un poco, no olvides que mañana es tu primer dia de clases.

-Esta bien. Gracias otra vez... papá.- añadió. Este le sonrio y se dirigió fuera de la habitación.
Camino hacia la ventana con un suspiro pasando una mano por su hermoso cabello rubio.

<<Esto sera bueno, tiene que ser bueno>> penso con la mirada perdida en el cielo que ya empezaba a oscurecer dejando paso a una hermosa noche estrellada.

Una misteriosa silueta se dibujaba en uno de los ventanales en la habitacion de un castillo abandonado en un campo a las afueras de Francia. La sala era amplia parecia mas un salón de baile los pisos relucian con la luz de la luna mostrando el diseño de un sol en el centro, las paredes de piedra dandole un aire frio y aterrador, grandes ventanas alrededor dejaban entrar la luz de la luna y sobre una plataforma al fondo se alzaba un trono de color rojo con las orillas de oro puro.
El hombre estaba cubierto con una túnica de color negro, dando la espalda al resto de la sala donde se encontraba un joven arrodillado frente a el.
-Mi Señor le traigo noticias... muy buenas noticias- dijo el hombre inclinando la cabeza –Ella esta lista. Al fin esta lista.

El hombre junto a la ventana se volvió derrepente dejando que la luz de la luna iluminara sus ojos. Unos ojos de un color tan rojo como la sangre, unos ojos que reflejaban curiosidad hacia las noticias que le traia el mensajero.

-¿Qué dices? Al fin... al fin todo esta tomando forma. Mi plan esta listo para comenzar- dijo con una siniestra emoción- Y ¿Dónde está? vuelve y traela ante mi.

-Eso no sera necesario- dijo una voz femenina abriendo las puertas de la sala.

Ante ellos se alzaba una joven como de unos diecisiete años, con una silueta agraciada de tez blanca y cabellos oscuros que caian en ondas sobre su espalda hasta llegar a su cintura. Se movia de forma cautelosa, como un felino, vestia de color negro, llevaba unas botas negras sobre su pantalon, una blusa del mismo color y chaqueta de cuero. Todo realzando su figura. Pero lo que más llamaba la atencion eran sus hermosos ojos dorados que brillaban aun en la oscuridad y un hermoso medallón en forma de media luna, con sus picos apuntando hacia abajo colgando de su delicado cuello. –Ya estoy aqui.

El hombre que aun se encontraba arrodillado se le quedo mirando como embobado.

-Demian- dijo una voz severa desde la ventana –Ya puedes retirarte.

Este sorprendido al escuchar su nombre y dirigiendo su mirada a la voz que lo habia llamado dice:

-Si mi señor como usted ordene- inclinando la cabeza y saliendo de la sala.

-Hola- dice muchacha con un tono jugueton.
-Por fin despues de tantos años de espera... por fin regresas. Has crecido mucho- dice pero no con cariño en su voz sino mas con siniestra curiosidad.

Ella da un paso al frente para quedar más cerca de la figura.

-¿Estas feliz de verme?... porque yo si de verte a ti- dijo mostrando una sonrisa juguetona su rostro era hermoso pero no mostraba emoción alguna, sus ojos eran como dos enormes oceanos de pensamientos; ninguno de los dos parecia mostrar interes en el reencuentro, sino mas bien en lo que estaba a punto de comenzar, y en lo que significaba que ella estuviera de vuelta.

-Cally – dijo el pensativo.

-Vaya... eso si que es una sorpresa, no crei que recordaras mi nombre. Yiran.- dijo la joven cruzando los brazos sobre su pecho.

-como olvidarlo si es el nombre que yo escogi para ti... Para reflejar tu grandeza, para dar a conocer tu misión.
-Yo estoy lista para comenzar cuando tú digas, mi señor.- dijo Cally inclinando la cabeza.

-pronto criatura, pronto. El tiempo se acerca, solo faltan los últimos detalles. Lo que me recuerda que tengo algo para ti.

-Me facinan las sorpresas y ¿se puede saber de que se trata?- pregunto sin interés.

-Se trata de la que sera tu compañera desde ahora- dijo el recogiendo un objeto largo, cubierto en una manta roja que descanzaba sobre el trono.

-Espero que te guste...- añadio descubriendo una enorme espada y deslizandola fuera de su vaina de color ocre, la hoja era hermosa, de color plateado, brillaba en su filo y daba la impresion de ser mortal, un ave fenix con sus alas extendidas se convertia en el pomo forjado con oro puro y sus ojos eran dos rubis que reflejaban la luz de la luna y se mostraban sedientos de sangre.

Los ojos de Cally brillaban al verla, no podia quitar la mirada de la hermosa arma que estaba frente a ella; suavemente y con mucho cuidado la tomo en sus manos, el arma parecia reconocer a la muchacha y ajustarse perfectamente a ella, el delicado rostro de la joven mostraba admiración y hasta un toque de emoción, era como si nunca hubiera visto algo tan bello.
Poco a poco coloco el medio de la hoja sobre la punta de su dedo para comprobar el balance de la espada. era perfecto; luego con una velocidad impresionante hizo volar la espada que dio dos vueltas en el aire antes de caer sobre la mano de la muchacha quien la tomo con una confianza y tal gracia que hacia notar que sabia perfectamente lo que hacia.

Suavemente la deslizo de vuelta a su vaina y se la colgo al cinto.

-Creo que me gusta.... Vaya gracias- dijo con una sonrisa burlona pero sus palabras eran ciertas.

-Me alegro – dijo Yiran devolviendo la sonrisa a la joven- Porque de ahora en adelante ese sera el simbolo de tu poder junto a tu medallón, espero que la disfrutes. Cuando comienzes tu misión te sera de mucha ayuda.

-Ya lo creo... pero y ¿ahora qué?, yo estoy lista para comenzar pero dime, Yiran. ¿Lo estas tu?

-No comas ancias, criatura... Aun hace falta algo importante ¿recuerdas?

-Si...-dijo mirando por la ventana hacia el cielo.- Encontrar la parte que falta.

# Capitulo Dos
## Nuevos Rostros

Llego la primera mañana en su nuevo hogar y el alto sonido del despertador la hizo responder de un salto.
Los rayos de sol iluminaban la ventana a través de las cortinas y los pajaros cantaban desde el árbol junto a su ventana.
Tomo una rápida ducha y echo un vistazo a su closet escogiendo un par de blue jeans y una blusa color verde pastel con un sueter color blanco; encontró unas zapatillas del mismo color y su pelo suelto caia en cascadas por su espalda en hermosas ondas, puso un poco de maquillaje sobre su rostro y alcanzo a su padre que se encontraba sentado leyendo el periódico con una enorme taza de café en su mano desocupada.
Cuando la vio llegar dejo el periodico sobre la mesa y dirigiendo su mirada a la muchacha le dijo:

-Liz... ¿que no vas a desayunar nada? Sientate he hecho unos riquisimos huevos con tocino y tostadas.

-No puedo creer que te levantaras tan temprano. Y ademas cocinaras.- dijo con una sonrisa burlona- Las tostadas suenan bien.... Vegetariana, ¿recuerdas?- dijo apuntando un dedo hacia ella misma mientras tomaba asiento en la mesa al lado opuesto de su padre.

-Hija, lo olvide por completo... hoy pasare por la casa de Jonathan, ¿recuerdas a mi amigo? Jonathan Leroy. ¿Recuerdas que te comente acerca de su enfermedad? Parece que su condición ha empeorado y los doctores no creen que tenga mucho tiempo.

-Si lo recuerdo papá, eso es muy triste... por favor enviale saludos de mi parte... no se me olvida como siempre estuvo a nuestro lado cuando los tiempos eran difíciles- dijo con tristeza en su voz.

-Asi es... pero no te preocupes. Tú tienes que concentrarte en tu primer dia de clases. No sabes como te voy a extrañar, pero nos veremos el viernes por la tarde. ¿Está bien? Lo que me recuerda que ya estamos retrasados... vamos.- dijo levantándose a toda prisa de la mesa, alcanzando su chaqueta y las maletas de la joven. Liz lo siguió rápidamente cargando su mochila al hombro.
Subieron al auto y casi de inmediato se pusieron en marcha.

La escuela se encontraba, a un par de horas de la ciudad de Washington D.C.

Cuando su padre se fue, Elizabeth sintió como si el fuera el único que la hacia sentir segura. Mirando a las rejas de la escuela como si una especie de fantasma se alzara sobre ella. “Washington elite high school” leyó. Era un edificio inmenso mas parecia como un gran castillo medieval, el frente de la escuela se hayaba un hermoso parque, todo cubierto de arboles y flores pero con amplio espacio para sentarse y disfrutar del sol que era extraño en ese tiempo del año.

La palabra "Elite" en esta escuela no era tomado solo como una simple palabra ya que a ella asistian los hijos de importantes políticos y familias adineradas de todo el país y el mundo.
Paso a paso logro alcanzar las puertas del edificio pero si por fuera era impresionante y magnifico, por dentro lo era mucho más. Grandes pasillos que no parecian tener un final se extendian frente a ella haciendola ver pequeña. Distraida por la vista no se percato de que se encontraba parada en medio de la entrada al pasillo principal, cuando de repente un joven pasó a su lado golpeando su hombro y dejando caer sus libros.

-Lo siento- dijeron ambos a un tiempo
Sus ojos encontraron unos hermosos, profundos y enigmáticos ojos grises.

Era un joven de tez blanca y cabello color oscuro que caia sobre su rostro, noto que el joven era alto y vestia con un pantalon negro, tenis converse y una camisa de manga larga color blanco, la miraba con ojos llenos de curiosidad mientras se agachaba a recoger los libros de la muchacha.

-Tu debes ser nueva aqui, no te he visto nunca.- dijo el

-ha... si- respondio ella con timidez- es mi primer dia, lo siento por... todo esto. Solo estoy un poco confundida...

ni siquiera se hacia donde debo ir ahora.

-la oficina del director. Esta al fondo del pasillo, si pones atención sera muy dificil perderse- le dijo suavemente con una sonrisa burlona.

Sintiendose muy apenada, le dio las gracias al muchacho, tomo su maleta y se dirigió a la oficina del director.

Sentada en la parte de afuera esperando nerviosa pensaba en que nunca habia asistido a ningun internado antes mucho menos a uno tan lujoso e importante.
Su padre nunca hubria sido capaz de pagar por su asistencia a esa escuela, por lo que cuando le ofrecieron el nuevo trabajo, su mejor amigo Jonathan quien era un importante empresario dueño de grandes viñedos en paises como Chile, España y Estados Unidos; ofrecio pagar la colegiatura de la joven, si aceptaba asistir en el mismo instituto que asistia su hijo del cual ellos no sabian mucho.

La secretaria la hizo pasar a la oficina que era lujosa y amplia en una de las esquinas se encontraba la bandera nacional de los Estados unidos y en el frente un gran escritorio cuidadosamente arreglado, sobre el una Laptop; y finalmente en una silla un hombre pequeño y gracioso vestido con un traje color gris y una ridicula corbata con dibujos de aviones, casi no tenia cabello mas que a los lados de su cabeza.

Al verla entrar, se puso de pie indicandole que tomara asiento frente a el.

-Usted debe ser la señorita Greene, por favor tome asiento.

-Gracias- dijo ella obedeciendo.

-Bueno parece que es muy tarde para llevarla a su habitación ahora. Asi que la enviare a clases de inmediato, puede dejar su maleta aquí y yo se la enviare luego. Este es su horario de clases, su número de habitación esta ahí, numero de casillero y además un mapa de las instalaciones- le dijo entregandole un folder.- tambien he revisado su archivo y me enorgullece tener una estudiante tan dedicada como usted, se han escogido sus clases de acuerdo a eso, espero que sean de su agrado. Ahora si me disculpa tengo algunos asuntos que atender. Sea bienvenida y no dude en venir si tiene alguna pregunta o cualquier inconveniente.- añadio extendiendo una de sus manos.

En efecto Elizabeth siempre habia sido una excelente estudiante, sus calificaciones todas eran A+ en cada una de sus clases y los maestros no paraban de felicitar a su padre por la extraordinaria crianza que habia dado a la niña.

-Gracias- dijo la joven poniendose de pie y respondiendo al saludo.

Al salir de la oficina reviso el folder con cuidado, dentro encontró una hoja con el numero de habitacion 62A, un numero de casillero 8D y su horario de clases.

1$^{er}$ periodo Lengua
2$^{do}$ periodo calculo avanzado
3$^{er}$ periodo Historia del arte
4$^{to}$ periodo Poesia y literatura

- Receso –

5$^{to}$ periodo Biologia
6$^{to}$ periodo Quimica avanzada.
7$^{mo}$ periodo Algebra
8$^{vo}$ periodo educacion fisica.

Ademas de una amplia lista de clases opcionales como, musica, danza, teatro, pintura.
-bueno- se dijo asi misma con un suspiro- Lengua, aqui voy.

Y asi comenzo su primer dia. Al terminar el cuarto periodo de clases sono la campana que indicaba el almuerzo, Liz ya se dirgia a la cafeteria cuando una joven, la detuvo apareciendo tras de ella. La muchacha era alta y de cabello oscuro corto que caia sobre sus hombros, su tez aceituna, sus ojos color cafes, además vestia con botas sobre sus blue jeans, una camiseta color azul y una bufanda del mismo café de sus botas. Su cuerpo era curvilineo en comparacion con la delgada complexión de Elizabeth cuyas curvas eran mas delicadas, se sintio inexplicablemente intimidada.

-Hola- dijo con una gran sonrisa.- Tu debes ser la chica nueva... mucho gusto- dijo extendiendo su mano- mi nombre es Sasha. ¿Cómo te llamas?

-Elizabeth, pero puedes llamarme liz- respondio

extendiendo su mano a la de la muchacha.- Y si, este es mi primer dia.

-Divertido ¿no crees?, espera a que veas la cafetería; para mi no es mas que un desfile de pavos reales... ¿tienes hambre? Porque yo si... anda vamos te mostrare todo.

De camino a la cafeteria Sasha no paraba de hablar de como la escuela estaba llena de niños malcriados y consentidos y como todos se esforzaban por probar cual familia era la mas rica y poderosa.

Llegando Elizabeth pudo comprender lo que Sasha queria decir, era mas un restaurante elegante que una cafetería, incluso tenian meseros y parecia haber chefs en la parte de atrás de la cocina.

Liz no pudo evitar notar que las paredes eran de cristal y afuera se podía ver un hermoso jardín que se extendia a su alrededor con todo tipo de flores, de todas las formas y colores.

Al ver la cara de sorpresa de su acompañante Sasha la tomo por brazo entrelazando el suyo como si se conocieran desde siempre.

-Te lo dije- le dijo con voz cantarina.-como el pais de las maravillas, incluyendo la locura.

-Creo que nada de lo que dijeras podria describir esto- dijo entrando con nerviosismo.

-Tranquila, estas en buenas manos- dijo a su oido como quien cuenta un secreto.

-Que ¿aprovechándote de la nueva?- dijo una voz tras ellas.

A Elizabeth le parecio reconocer esa vos, pero eso no evito la sorpresa al voltearse y encontrarse con unos ojos grises que la veian divertidos.

-Vaya vaya ¿Qué tenemos aqui?- dijo Sasha con aire burlon- El llanero solitario... oye ¿Dónde dejaste tu caballo?

-Tu siempre tan educada me sorprende que te contengas tanto- dijo el joven pero no habia enojo en sus palabras sino eran como dos amigos haciendo bromas.

-Bueno ya sabes, debemos dar buena impresion... no queremos asustar a la chica nueva. ¿O sí?

-Me parece que ya esta bastante asustada... pero no te preocupes- dijo dirigiendo su mirada a Elizabeth- ya te acostumbraras.

Y sin más siguió caminando hasta una mesa con el letrero de reservado en la parte más alejada del salón.

Alcanzaron a sentarse en una mesa desocupada que se hayaba casi en el centro de la cafetería y ordenaron un par de ensaladas con mandarina y agua mineral para beber. Con mucha discresion Elizabeth volteba la cabeza para apreciar al joven que pasaba la vista de un libro al jardín.

-¿Qué no tiene amigos?- dijo liz señalando con la cabeza al joven.

Sasha seguio su mirada para ver de quien se trataba.

-Oh... eso. El se llama Alex. Siempre es muy callado y no parece sentirse comodo rodeado de gente; además es uno de los mejores estudiantes de aquí, sin mencionar que su padre es un muy adinerado empresario.- dijo hacienda énfasis en las palabras “muy” y “adinerado”- todas las chicas aquí quieren pescarlo, pero el nunca parece estar interesado- continuo- Tiene muchos conocidos pero casi siempre se le ve andando solo por los pasillos.

-Ya veo- respondio liz.- pero contigo parecia tener mucha confianza.- sono mas como una pregunta que como una observación.

-Si bueno es... complicado- dijo la muchacha incomoda.

-Oh lo lamento no quise ser entrometida- dijo Elizabeth reconociendo que entre ellos habia algo mas que solo simple amistad.

Sasha comprendiendo la expresión de la muchacha, se apresuro a levanter sus manos y a sacudirlas en el aire- no, no, no. Por favor no dejes volar tu imaginación. Alex y yo no... nos conocemos en la forma que tu piensas... nosotros solo hemos asistido a la escuela juntos desde muy pequeños eso es todo.

-Entiendo- dijo la joven, tratando de ocultar la inexplicable alegría que esto la hacia sentir.

Cuando levanto la mirada para ver al misterioso joven al otro lado de la cafeteria, volvio su cabeza de un salto al notar que el la miraba también.

Sono la campana para el comienzo del quinto periodo y todos los alumnos se dirigían por los pasillos a sus respectivos salones.

-¿Qué clase llevas ahora?- pregunto Sasha a su nueva amiga.

–Biologia y luego química avanzada- dijo mirando su horario.

-Nerd, pero mientras tanto estamos juntas en biología- dijo de manera amigable.

Juntas caminaron por el edificio hasta llegar a una puerta grande en el segundo piso con un letrero que decia "Laboratorio de biología" en la parte de arriba de la misma.

Al entrar Sasha busco su asiento de inmediato junto a un muchacho muy atractivo de cabello rubio con gafas que lo hacian ver muy intelectual y en la mesa frente a ellos se encontraba el; Alex el misterioso chico que le llamaba tanto la atención, su mesa estaba vacia, parecia ser el único sin un compañero de laboratorio.

Lentamente se dirigió a su maestro entregandole la hoja

que decia que era nueva en su clase. Habia algo en el joven maestro que llamaba su atencion, sobre todo el que parecia demasiado joven para dirigir una clase de biología en una escuela tan avanzada como esa. Su cabello era castaño muy claro de tez aceitunada y ojos negros que relucian tras unas gafas que lo ayudaban a parecer mayor. Vestia con blue jeans, tenis converse y dentro de su chaqueta una camisa blanca muy casual.

Luego de leer el papel con una sonrisa le indico tomar asiento en la única silla que quedaba vacia, al lado de un joven que parecía estar muy concentrado mirando a través de la ventana como para notarla.

-bueno mi nombre es Jackson Moreu. Sr. Moreu, para los estudiantes, aunque aqui entre tu y yo, nunca me a gustado el titulo de señor. Toma asiento junto a Alex, trata de seguirle el paso y si tienes alguna duda sobre la clase estoy seguro que el puede ayudarte.

Se sento junto al muchacho y escucho con atención los cuchicheos de sus compañeros le sorprendio escuchar que por primera vez en toda su vida no hablaban de ella; ni del incidente de cuando era solo una niña.

A su lado el joven la miraba fijamente, cuando ella volteo para mirarlo y sus ojos se encontraron sintio una corriente electrica recorrer todo su cuerpo, y casi sintió desmayarse cuando el abrio su boca para preguntarle.

-Hola... nos volvemos a encontrar- dijo con una sonrisa- ¿Qué acaso me estas siguiendo?- pregunto.

-ah... ¿Qué?... yo... no -dijo notando que no era nada coherente-Tu eres el que siempre aparece como de la nada.-dijo molesta.

El muchacho sonrio mostrando una completa sonrisa que dejaban ver una hermosa y blanca dentadura.

-Era una broma- dijo con gracia.- ¿Cómo te llamas?

-Elizabeth... pero mis amigos me llaman liz- recordando de pronto que ella no tenia amigos mas que su padre.

-Mucho gusto Elizabeth... me llamo Alexander. Pero mis amigos me llaman Alex- dijo imitando el tono de la muchacha.

Ella no hizo más que asintir con la cabeza.

-No pareces hablar mucho- añadio el joven, se notaba en su voz que trataba de ser amable, pero no parecia tener mucha practica.

-lo lamento yo... no... crei... bueno- dijo y se sorprendio de que frente a el muchacho ella no parecia tener un lenguaje lo suficientemente extenso para comunicarse.

El solo sonrio como imaginando sus pensamientos y cuando iba a añadir algo mas, El maestro se puso de pie llamando la atencion de la clase.

-Bueno clase hoy hablaremos sobre la teoría de la eucariogenesis, esto se encuentra en el capitulo ocho de su libro de texto- y asi el señor Moreu comenzo a impartir su clase.

Al cabo de un rato de teoría el maestro indico completar un cuestionario en su libro de trabajo, el cuestionario seria entregado en parejas al final de la clase.

Al fondo del salón se podia escuchar los ruidos de queja de sus compañeros al ver que el cuestionario era mas difícil de lo que pensaban.

-¿Qué propone la teoria de la eucariogenesis?- dijo Liz dirigiendose a su compañero.

-Tengo una pregunta mejor- dijo el serio como escupiendo algo que habia estado pensando hace un rato- ¿Por qué haz venido a este lugar?

-¿Qué?- pregunto ella desconcertada por la repentina rudeza de su compañero.

-¿Por qué?- repitió el cómo suavizando el tono de voz e intercambiando miradas entre ella y el cuestionario que contestaba a una velocidad impresionante sin siquiera ver el libro de texto.

-Mi padre...-respondio ella- el es fotógrafo periodístico y bueno... le ofrecieron un trabajo en un periodico aqui en Washington. Pero... ¿tu como sabias que no soy de aqui?
El le dirigio una mirada sorprendido por la pregunta.

-Lo adivine- dijo simplemente.- No pareces pertenecer

aqui.

Ella molesta por la rudeza del muchacho reponde:

-¿Qué se supone que eso significa?
Afuera sonaba la campana que indicaba el final de la clase.

-No importa... ya no importa.-contesto levantandose de la silla con obvia molestia.

Dejo la hoja de trabajo en el escritorio del maestro y luego salió a toda velocidad del salón.

-¿Qué fue eso?- pregunto Sasha tras ella- ¿Qué mosca le pico?

-No lo se... fue muy raro.-contesto Elizabeth desconsertada.

-Bueno tal vez no se levanto con buen humor.

-Y ¿por eso tiene que descargar sus penas conmigo?- pregunto liz sorprendida de cuan ofendida sonaba su voz.

-Me disculpo por el... esta pasando por un muy mal momento, ¿sabes? Su padre está muy enfermo y los doctores no creen que resista mucho tiempo mas- dijo ella con tristeza.

-¿de verdad? Lo siento mucho por el en serio. Pero... aun no comprendo... hace un rato parecia estar bien.-

dijo sintiendose mal por reaccionar de esa forma.

-Bueno ya no le prestes atención, mejor salgamos de aqui antes de que llegue la siguiente clase, creeme no quieres conocer a los odiosos estudiantes de tercero B.- dijo tomandola por el brazo para salir del salon.

Al llegar a la ultima hora de clase Elizabeth suspiro con alivio al pensar que habia sobrevivido a su primer dia de clase y lo que mas le sorprendia era que hasta parecia haber hecho una amiga; por lo que se alegro mucho al ver entrar a Sasha a los vestidores. Para Educacion física el uniforme era un short azul con una camiseta blanca los colores del instituto. Estaba atando sus zapatos deportivos cuando Sasha se acerco a ella con una sonrisa amplia en el rostro algo que no parecia faltarle nunca.

-¿Lista para conocer al maestro mas fastidioso en todo instituto?

-Vamos no creo que sea tan malo... ¿o sí?-dijo como deseando que su compañera esuviera exagerando.

-Espera y veras -dijo solamente guiandola hasta el gimnasio.

Cuando entraron al gimnasio a Elizabeth parecio faltarle el aire, era un lugar inmenso pintado de los mismos colores que su uniforme, el suelo era tan brillante que la reflejaba y habian graderias pintadas en azul alrededor. Tambien observo como el maestro sacaba un costal lleno de bolas de baloncesto.

<<Genial>> penso. Liz siempre habia sido muy mala para los deportes, no importaba cuanto lo intentara sus extremidades no parecian responder como ella deseaba.

-¡Todos atentos!-grito el hombre, que sonaba mas como un militar que como un profesor- Hagan una fila frente a la canasta... vamos... vamos... rápido.

Los estudiantes se acercaron poco a poco hacienda una fila frente al maestro, casi todos mostraban cara de que definitivamente preferirían estar en otro lugar en ese momento. Cuando el entrenador comenzó a pasar lista.

-Rinaldi, Dilvalle...- decia mientras los estudiantes respondian a su apellido, alzando la mano.

-Gautier-dijo y Sasha also la mano- Greene- mientras Elizabeth alzaba su mano pensó cuan simple sonaba su apellido al lado del de sus compañeros.

El maestro la miro de reojo levantando una ceja.

-Veo que tenemos una compañera nueva... ¿señorita greene?-dijo en direccion a la joven.

-Si señor- dijo esta con timidez, mientras sus compañeros se voltean todos a mirala.

Como odiaba ser el centro de atencion era algo para lo que ella nunca habia sido buena.

-¿De dónde viene?- pregunto el entrenador.

-de West Virginia, señor- respondió lentamente.

-Mi nombre es entrenador George… y usted- dijo viendo la lista- la señorita Elizabeth Greene ¿me equivoco?

-No señor-dijo un poco desconcertada del miedo que le provocaba el hombre frente a ella.
El la miraba de una forma diferente a los demas casi como si le molestara su presencia era como si tener una estudiante nueva significara tener que dar a conocer otra vez su estatus de autoridad.

-Espero que este informada que en mi clase no importan los apellidos, aqui todos trabajan por igual o si no reprueban - dijo con severidad.

-S-si… señor-dijo con timdez haciendo enfasis en la palabra “Señor”

Despues de asentir una vez el entrenador prosiguió con los nombres en su lista de asistencia y los separo en equipos para un juego de baloncesto, por suerte en su equipo se econtraba Sasha y otro grupo de compañeras que parecian ser muy buenas en lo que hacían, con un silbatazo comenzó el juego. Elizabeth se quedo en la parte de atrás agradecida que sus sospechas para sus compañeras fueran ciertas, ellas no parecian necesitarla en lo absoluto.

Al final del partido se sintio feliz de que su equipo fuera el victorioso pero un poco culpable ya que ella no habia sido de mucha ayuda, ganandose una mirada de desaprobación de su maestro.

El entrenador George era un hombre más o menos joven como de unos treinta y cinco años vestia con unos tenis, buzo y camiseta deportiva su cabello era color oscuro y corto como el de un militar y sus ojos color avellana.

-¡Señorita Greene!- Grito el hombre como dirigiendose a un soldado. Por lo que ella no pudo evitar responder- Si Señor.

-al parecer tendremos que trabajar mas duro en la técnica... ¿no le parece a usted?-dijo con enojo.

Ella solo pudo asentir con la cabeza.

-La voy a estar observando- Dijo con cautela.

Después de ducharse y dirigirse fuera del gimnasio se encontro con Sasha quien conversaba en la puertas con otras compañeras, al verla venir se despide de las demás y se dirige a ella tomandola del brazo como siempre.

-El entrenador George te tiene en la mira- dijo con un tono de juguetona burla.- Es la desventaja de comenzar a mitad del año escolar.

-Supongo que si- dijo Elizabeth respondiendo a la broma.

-Oye ¿Qué piensas hacer despues?-dijo Sasha cambiando de tema a una velocidad impresionante.

-Nada la verdad estoy muy cansada, creo que han sido demasiadas cosas en un solo dia.-dijo sacudiendo la cabeza.

-Supongo que si... bueno si cambias de opinion mi habitacion es la 34B las chicas y yo tendremos algo así como una pijamada, así que si te animas... que no te de vergüenza... solo ve.-dijo dandole una de esas sonrisas suyas que hacian a Liz sentir como en casa.

-Si... Gracias.

Al caminar por los pasillos aliviada de haber sobrevivido a la clase del entrenador George, subio las escaleras hacia los dormitorios como indicaba su mapa del instituto, al caminar seguia el nunmero de las puertas que mostraban "58A, 59B, 60A"
Cuando de repente sintio un como si hubiera chocado contra una columna de piedra y cayo al suelo; al volverse y ver con que habia chocado vio a un muchacho de tez blanca y ojos grises, era Alex.

-Tu- le dijo el molesto- tenemos que dejar de encontrarmos de esta forma. ¿No crees?-dijo con severidad.

-lo lamento-dijo ella recuperando su postura.

-ya no importa.- respondió el con desagrado.

-Oye ¿Cuál es tu problema?... ¿Qué he hecho para molestarte tanto?-pregunto simplemente.

-¿Qué haces aqui?-respondio el.

-Anda otra vez esa pregunta... ¿Qué no son estos los dormitorios de las chicas?... ¿Qué haces tu aqui?-replico como conteniendo varias otras palabras que le gustaría decirle.-escucha- comezo a decir al recordar lo que Sasha le habia contado sobre su padre- Lamento mucho lo que le sucede a tu padre, de verdad yo no se que haria si le pasara algo al mio... pero...

-Ese no es tu poblema-dijo el mas molesto de lo que ya estaba- además ¿Quien te hablo sobre eso?

-Ese tampoco es tu problema- replico ella, esta vez comenzó a caminar hacia su dormitorio.

Cuando sintio que el joven la tomaba por el brazo acercándola a él, mirándola a los ojos profundamente.

-escucha... lo siento... no fue mi intención descargarme contigo- dijo el con la mirada cansada-es solo que... este no ha sido mi mejor dia, es todo.

-Esta bien- dijo ella sintiendo una descarga al contacto. – no te preocupes.

-bien- dijo el solamente- supongo que te vere mañana en clase.

-hasta mañana- dijo ella entrando en su habitación y cerrando suavemente la puerta.

Al dar media vuelta vio como sobre su cama al lado de la ventana se encontraba la maleta que habia dejado en la oficina del director, y un escritorio al otro lado, tambien un closet vacio y una mesita de estudio.

La habitación era grande las paredes empapeladas con un diseño frances de color beich y azul, las cortinas hacian juego con los muebles y un hermoso candelabro brillaba en el tejado en medio de la habitación.

Elizabeth no se sentia con animos de desempacar asi que bajo la maleta con cuidado y se tiro en la cama con desgana tapansose la cara con ambas manos.
<< ¿Por qué haz venido a este lugar?>> le dijo una voz familiar en su cabeza.

-A que se refiere con eso- dijo para si misma- que no todos vienen a estudiar.

¿Por qué le molestaba tanto verla ahi? No era como si la conociera de antes, y ¿por qué se había puesto tan nerviosa al tenerlo cerca? ¿Por qué le llamaba tanto la atencion? Cierto era guapo, buen cuerpo, linda cara y esos ojos. Pero que estaba pensando ella habia venido aqui para empezar una nueva vida y ayudar a su padre, no era momento de pensar en chicos.
Apartando esos pensamientos de su cabeza se dejo caer por el sueño que venia a ella lentamente.

Elizabeth se vio en un balcón viendo la luna, estaba llena y las estrellas relucian como diamantes en el cielo, tras ella se alzaba una oscura sala y hacia mucho frio.
Desde pequeña el cielo siempre le habia llamado mucho la atención, podia pasar horas viendo las estrella y la luna, cuando veía la luna era como si la llamara y la

invitara.
Pero habia algo diferente en ella en ese momento, noto que sus ropas no eran las mismas que llevaba esta tarde, vestia de negro completamente de pies a cabeza, a ella nunca le habia gustado vestir de negro antes, se sentia deprimida cada vez que lo hacia y su cabello; toco un mechon de su cabello y lo vio oscuro, ademas en su pecho relucia su medallón pero tambien lo vio diferente era una media luna, pero esta era plateada y apuntaba hacia abajo.

Luego vio una sombra que se acerco a ella por detrás, era un joven de tez blanca y cabellos castaños que le caian a ambos lados de su rostro, avanzo tras de ella y noto que era alto y esbelto, tambien noto sus ojos, unos hermosos ojos color verde Esmeralda.

-¿Qué haces aquí tan tarde?- pregunto el joven con voz suave.

-Pensando- respondio solamente sin apartar sus ojos de la luna.

-analizas demasiado las cosas, Cally- dijo el que la miraba como quien veia una piedra preciosa.

-debo hacerlo... ya nos queda poco tiempo- dijo ella voltenado su rostro para ver al muchacho.

-tranquila Yiran sabe lo que hace... ¿no querrás cuestionar sus acciones?- le dijo con voz cautelosa.

-No... por supuesto que no.

-vamos ve y descanza... lo necesitas- le dijo el joven.

-si- dijo ella notando que en efecto estaba muy cansada, habia sido un largo dia.

-buenas noches- dijo el con una pequeña sonrisa.

Ella solo asintio con la cabeza devolviendole la sonrisa. Y con eso se adentro a las sombras del salón tras ella.

Elizabeth se desperto de un salto habia sido un sueño muy raro, se habia visto a ella misma, pero habia algo en su cabeza que le decia que no era ella.
Ademas ¿Por qué ese joven la habia llamado Cally? Y ¿Quién era Yiran?

<<Fue solo un sueño>> se dijo a si misma.

Volviendo a acostarse para rendirse al cansancio que sentia después de haber sobrevivido a su primer dia de clases.

# Capitulo Tres
## Preguntas

Era viernes por la mañana y Elizabeth no podia contener la emoción de ver a su padre y pasar el fin de semana con el; habia sido una larga semana y lo que Liz deseaba era ir a su hogar decanzar además comentarle a su padre todas las cosas nuevas que le habian sucedido.

Al terminar el cuarto periodo, la joven tomo el celular que habia apagado mientras estaba en clase y encontro ahi una mensaje de texto de su padre.

Liz:
Lo lamento llegare un poco tarde a recogerte, algo terrible ha sucedido. Mi amigo Jonathan ha muerto y me he ofrecido a ayudar con todos los
preparativos de su funeral junto a su hijo.
Ademas sus abogados me han dico que tienen algo que comunicarme
Luego te doy mas detalles.
Te amo y me muero por verte.

Elizabeth no podia creer la noticia que acababa de

recibir, el hombre que habia estado ahí con su padre y con ella desde que tenia memoria, que además sin pedir nada a cambio habia pagado su colegiatura en este internado de lujo ahora estaba muerto. Su enfermedad habia vencido y ya no estaba mas en esta tierra.

La Joven no pudo evitar que una lágrima se deslizara por su mejilla.

-¿Qué pasa por qué lloras?- Le pregunto Sasha tras ella con un tono de alarma- ¿Estas herida?

Elizabeth la miro sorprendida por la preocupación que mostraba su rostro.

-ah... no... solo recibi una mala noticia.

-ha... era eso... ¿Qué sucedio?-pregunto la muchacha con alivio.

-Un amigo de la familia acaba de morir- dijo ella fijando la mirada en el mensaje de su padre.

-¿Qué pasa útilmente que hay tantas muertes?

- ¿a qué te refieres?-pregunto Elizabeth con desconcierto.

-Pues ¿recuerdas lo que te dije acerca del padre de Alex?- pregunto- Esta mañana le han llamado para avisarle que su padre ha muerto.

-oh no... y ¿Cómo esta?- pregunto con autentica

preocupación.

-no lo se, se ha ido de inmediato a su casa esta mañana.

-Vaya... eso si que debe ser duro- dijo preguntandose que haria si algo como eso le sucediera a su padre. Al pensar en esto su corazón se estrujo de una manera tan violenta que Elizabeth compredio que ella moriría con el.

-Sip... pero no hay nada que podamos hacer así que... ¿tienes hambre?-pregunto Sasha esperando la respuesta.

-Si mucha- dijo liz adivinando que era la respuesta que su compañera esperaba.

Sentandose en una de las mesas al centro del salon, ordenaron ensalada de frutas y conversaron por un largo rato.

Mientras en casa de la familia Leroy, Frederick se encontraba nervioso por lo que los abogados tenian que decirle. Despues de un rato entraron al despacho dos abogados y un joven.

-Hola muchacho-dijo Frederick poniendose de pie para saludar- como has crecido, hace un par de años que no te veia... lo siento mucho- le dijo con tristeza.

El Joven quien se veia consumido por el dolor solo pudo asentir con la cabeza.

Mientras los abogados desenvolvían un sin fin de papeles sobre el escritorio.

-Bueno señor Greene-comenzo a decir unos de los abogados quien se veia muy joven en un traje negro muy elegante con una corbata roja.- Hemos venido tan pronto se nos informo de la muerte del Señor Leroy, tenemos unos documentos que se nos dieron con instrucciones especificas de ser entregados a usted lo mas pronto posible luego de la muerte del Señor Leroy, que en paz dezcanse-agrego- tengo aqui una carta para usted y otra para el joven, aqui esta la suya- dijo buscando en un folder un sobre blanco que luego le entrego a Frederick.

Querido Frederick:
Yo se que te sorprendera todo lo que esta sucediendo, abogados y asuntos legales nunca fueron tu fuerte. Pido disculpas por hacerte pasar por todo esto al mismo tiempo tengo algunas cosas que pedirte, no hay nadie fuera de mi familia en quien confie tanto como confio en ti. Es por eso que te pido que cuides de mi tesoro mas preciado. Mi hijo. Espero recuerdes al muchacho que te presente hace algunos años. No sabes el gran dolor que siento de pensar que no podre verlo convertirse en un hombre pero asi es la vida, cuando menos lo esperamos nos pasa la factura y debemos pagarla. Es por eso que quiero proclamarte tutor y encargado del cuidado de mi Alexander. Espero no sea mucha molestia para ti, pero como dije antes no confio en nadie mas para esto. Al mismo tiempo quiero darte las gracias por ser un amigo tan leal y por permitirme entrar en tu familia, nunca olvido a tu pequeña y dulce Elizabeth, a quien estoy seguro le esperan cosas importantes en su vida. Con esto me despido. No sin antes recompensar tu bondad, tu cariño y tu Amistad. Hace un

tiempo me comprometi pagar los estudios de tu hija siempre y cuando fueran en el "Washington elite high school" y a ti mi amigo, mis abogados te daran la recompensa que te mereces.

Te ama y admira.

Jonathan Leroy.

Cuando termino de leer la carta no pudo evitar las lagrimas correr por sus mejillas, su amigo desde hace muchos años ya no estaba con el y esto le partia el alma. Su hijo quien ahora se encontraba sumido en sus pesamientos estaria a su cargo, y el se aseguraria de que estuviera bien y sano por la memoria de su amigo.
El abogado quien ahora se dirigía hacia donde estaba Alexander entregandole otro sobre blanco igual al suyo, le entrega un nuevo sobre este de papel manila grande indicándole que lo abriera cuando el muchacho terminara con su carta.

El joven abrió el sobre y se dedico a leer su carta en silencio.

Al cabo de un rato el muchacho con lágrimas en sus ojos, estampa el puño contra la mesa recostando su cabeza en su brazo, se quedo ahí llorando por unos momentos.

-Papá- exclamo sin poder decir nada más.

La sala permanecio en silencio hasta que el muchacho estuvo listo para escuchar el resto de los últimos deseos de su padre.

Cuando recupero la postura le indico al abogado proseguir.
Este con un gesto indico a Frederick abrir su sobre. Era un cheque extendido por un millon de dolares, mas las escrituras de la cuarta parte de su negocio de vinos.

Frederick sintio desmayarse, como era posible que su amigo le diera tanto, el no sentia merecer aquello, además habia un recibo de la escuela donde se encontraba su hija que decia que el pago de sus estudios estaba ya cubiertos hasta el dia de la graduacion.

Lentamente se volvió hacia el joven junto a el, todo esto deberia pertenecer a el ahora, pero en lo ojos del joven no solo encontraba aprobación sino tambien profundo agradecimiento. Con un asentimiento de cabeza el joven recibio lo que su padre le habia dejado, lo que quedaba de su negocio descontando la cuarta parte que ahora le pertenecia a Frederick y más de veinticinco billones de dólares. Todo estaría a su disposición.

A pesar de las noticias no hubo una sola expresion en el rostro del muchacho, quien parecia hundido en la nada, apretando con fuerza el sobre blanco donde estaba la carta con importantes noticias que le dejo su padre.

A muchos kilómetros de distancia en un pueblo a las afueas de paris, se encontraba en un enorme castillo abandonado una joven sentada sobre la orilla de un balcón concentrada en el cielo azul en una postura aparentemente relajada.

-Cally- dijo una voz tras ella, pero ella no se inmuto.-Es tiempo, ya se donde se encuentra.

-Vaya... por fin, comenzaba a aburrirme.- dijo ella con sencillez.

-Eres muy impaciente Cally- dijo la sombra con tono de advertencia.

-bueno... y ¿Dónde está?- pegunto ella ignorando la advertencia.
-En una pequeña casa a las afueras de la ciudad de Washington D.C.

-Bien ire por el entonces...- dijo comenzando a caminar fuera de la sala.

-Cally espera-dijo la sombra deteniendo a la muchacha.- la protectora del medallón no esta sola. Demian ira contigo.

-No. Demian se queda yo puedo hacerlo sola, sea quien sea que este con ella lo lamentara- dijo ella saliendo por completo y dejando a la sombra cuyos ojos relucian rojos y en su boca se curveaba una siniestra sonrisa.

Sonaba la campana para comenzar el quinto periodo, mientras Elizabeth y Sasha se dirigian al laboratorio de biología.
Al entrar Elizabeth noto la silla junto a ella vacia y no

pudo evitar pensar lo mal que Alex debia estarla pasando con la muerte de su padre, y además la coincidencia de que Jonathan Leroy hubiera muerto el mismo dia.

Tomo asiento mientras el maestro entregaba los cuestionarios del dia anterior ya calificados; al recibir el de Alex y ella, se dio cuenta lo dificil que era sacar al muchacho de sus pensamientos habia algo en el que la llamaba, y cuando estaban cerca una electricidad se apoderaba de ella, no podia evitar sentirse segura, como si junto a el no hubiera nada que pudiera tocarla, sacudio esos pensamientos para poner atención a la clase, cuando vio su trabajo con una calificacion de A+ que presentaba todas las respuestas correctas, se pregunto como el habia completado aquel dificil cuestionario sin necesidad de ver su libro de texto. De verdad debia ser un estudiante estrella como lo habia dicho Sasha. No podia ser posible que el muchacho fuera tan perfecto. Asi pasó la hora de clases hasta que sono la campana.

Los viernes era costumbre en Washington High dejar ir a los estudiantes luego del quinto periodo, asi podian reunirse con su familia y regresar temprano el lunes para comenzar la semana.
Elizabeth recordo el mensaje de su padre que decia que pasaría por ella un poco mas tarde. Asi que tenía tiempo suficiente para ir a su habitación y descanzar un rato.

Al llegar se dejo caer sobre su cama y poco a poco se quedo dormida.

Una vez mas se vio a si misma de aquella manera extraña y diferente, ropa negra, cabello negro y aquel extraño medallon que pertenecia a su madre colgando sobre su pecho.
Caminaba por un pasillo largo con paredes de piedra y hacia frio.

Al llegar a una puerta y abrirla vio a un joven mirando por la ventana impaciente.

-Llego la hora- dijo la muchacha acercandose al joven.

-Yiran me dijo que irías tu sola ¿Qué significa esto?... Puede ser peligroso Cally, aun no sabemos si hay alguien con ella. ¿Qué haras si es un guardian? ¿Eh?- contesto el joven con cierto enojo.

-Yo puedo arreglarmelas con un guardian, eso no me preocupa.

-Claro a ti nunca nada te preocupa.- dijo el volteandose para verla a los ojos.

-Demian ¿Qué no me tienes fe?- dijo ella con desepcion.

-No se tratra de eso, sabes bien que no es eso. Mi mision es protegerte. Pero no puedo hacerlo cuando tu desides ponerte en peligro tu sola- dijo el mirandola con profundo cariño.

-Estare bien. Por hora no quiero que me acompañes... ya despues veremos.- le dijo colocando una mano sobre la mejilla del muchacho, miandole a los ojos.- no te preocupes por mi... yo se bien lo que hago.

-Espero que asi sea- dijo mientras ella se dirigia a la puerta.

Elizabeh se desperto al escuchar que alguien llamaba a la puerta, se levanto y lentamente abrio. Al ver a su padre no pudo evitar tirarse sobre el en un abrazo.

-Papá llegaste... te extrañe tanto- le dijo al oido.

-Tambien yo te extrañe mi niña, disculpa por venir tan tarde.

-no es tan tarde- dijo ella separandose de el.

Tomaron la maleta, la subieron al vehiculo y se dirigeron a su hogar. Al cabo de un rato al llegar y llevar la maleta al cuarto de la joven su padre se la quedo mirando sin decir nada.

-¿Qué pasa?-pregunto ella con una sonrisa.

-Tengo tanto que contarte... liz nuestras vidas han cambiado por completo-dijo tomando a la niña por los hombres con mucha suavidad.

-¿Qué quiere decir?-dijo ella con mirada espectante.

-Quiero decir que Jonathan me ha dejado un millon de dolares y parte de su compañia- dijo el.

-¿Qué?... ¿Cómo?... ¿de verdad?- dijo Liz sin poder

aricular las palabras.

-asi es ademas dejo pagadas todas las cuentas de tu colegio.

-Papá eso es demasiado- dijo ella con sorpresa.

-El me tenia mucho aprecio tanto como yo a el es por eso que hizo todo esto- dijo el con tristeza dibujada en su rostro- pero eso no es todo- agrego- Tambien me dejo encargado de su hijo, y yo le he invitado a que nos acompañe por el fin de semana, no estaria bien que estuviera solo en esos momentos tan difíciles.

-Si ya lo creo... por mi esta bien.

-¿Qué tu no lo conoces?-le pregunto Frederick con curiosidad- Van en la misma escuela ¿no?

-Si pero tal vez el sea de otra clase no creo haberlo visto.- dijo ella negando con la cabeza.- además la escuela es muy grande.

-bueno espero que sean buenos amigos. El llegara en un par de horas justo para la cena. Asi que tendremos que cocinar algo bueno... ¿no crees?

-Si claro que si, deja eso en mis manos- dijo ella sonriendo.
Ambos caminaron hasta la cocina y pusieron manos a la obra.

Horas mas tarde, escucharon que alguien llamaba a la puerta. Elizabeth se apresuro a abrir, en lo que parecio quedarse congelada al ver al joven que permanecía ahí mirándola con sorpresa.

-Tu-dijeron ambos al mismo tiempo.

-¿Qué haces tu aqui?- pregunto Elizabeth.

-Ah... Creo que tu padre me ha invitado -dijo el volviendo a su rostro serio.

-¿No me digas que tu eres el hijo del Señor Leroy?-dijo ella con sorpresa.

-Eso dice mi certificado de nacimiento-respondio el muchacho asintiendo con la cabeza

-¿Tu eres el hijo de Jonathan Leroy?

-Si ese era el nombre de mi padre... oye si tu lo conocías ¿Qué mi apellido no te dio ninguna pista?-pregunto el con impaciencia.

-Nunca mencionaste tu apellido-dijo ella simplemente.

-Lo lamento mi culpa... mi nombre es Alexander Leroy, y si Jonathan Leroy era mi padre-dijo el con sarcasmo-ahora vas a dejarme aqui toda la noche, porque hace mucho frio.

-ah no lo lamento-dijo ella haciendose a un lado para dejarlo pasar.-y Alex... lamento mucho lo de tu padre.

-Si gracias- dijo el mirando al suelo.

-Justo a tiempo- dijo Frederick mientras abrazaba al muchacho.- la cena esta lista -Veo que has conocido a mi hija. Ella es Elizabeth- dijo haciendo un gesto hacia ella- Lizzie el es Alexander, el único hijo de mi amigo Jonathan.

-Si creo que ya especificamos eso- dijo Alex por lo bajo.

-bueno que estamos esperando, la cena se enfria.- dijo indicando a ambos jovenes a centarse al comedor.

La cena paso en silencio, y el único movimiento era el intercambio de miradas entre Elizabeth y Alex.

Al terminar la cena Elizabeth y su padre levantaron los platos mientras Alex se ofreció a ayudar con la limpieza.

Ambos jovenes lavaron los platos en silencio, Elizabeth enjuagaba y Alex secaba.

Ya al terminar la joven se quito su delantal y miro al joven fijamente.

- Lamento haber sido grosera hace un rato... es solo que me sorprendio el verte aqui-dijo ella con tono de disculpa.

-Si, no hay problema.-respondio el mirandola a los ojos.- oye... no te... gustaría salir a caminar.
Ella sorprendida por la petición del muchacho acepto

casi sin darse cuenta asintiendo con la cabeza.

Caminaron en silencio, intercambiando miradas por los campos fuera de la casa de los Greene. Hasta llegar a un árbol partido por la mitad que se extendia como una banca.
-Quieres sentarte- pregunto el con un hilo de voz.
La joven asintio con la cabeza y ambos se sentaron uno al lado del otro.

-Alex lo lamento estoy muy apenada contigo... no quise...

-te diculpas demasiado-dijo el interrumpiendola con una sonrisa.

-Lo siento... yo...-dijo ella sonriendo y haciendo sonreir al joven.

-sabes cuando era muy pequeño, solia vivir en un lugar como este, lleno de plantas y rodeado de naturaleza. Recuerdo que a mi padre y mi nos encantaba acampar toda la noche y nos quedabamos horas y horas viendo la luna...-dijo el con la mirada perdida en el cielo.
Elizabeth no podia apartar los ojos de aquel muchacho, era tan diferente a los demás no que ella hubiera conocido muchos pero en su corazón lo sabia, se sorprendio al sentir el calor que le hacian sentir sus pensamientos, su aroma la embriagaba y sus labios se movian con tal gracia cuando hablaba; cuando por fin pudo recuperar el aliento y sin apartar la vista dijo:

-Debe ser muy duro para ti. Ya sabes haber perdido a tu

padre. El era un gran hombre con un corazón muy noble.

-Si... pero es la ley de la vida ¿no?- dijo posando sus grises ojos sobre los de ella.-todos moriremos a un punto.

-Si supongo que si... pero eso no lo hace menos duro-respondio ella sin apartar su mirada.

Se quedaron así por varios segundos viendose el uno al otro, estudiando cada gesto, cada mirada. Hasta que Liz noto como Alex se ponia tenso de repente.

-¿Escuchaste eso?-pregunto el alarmado.

-no ¿Qué?-pregunto la joven.

-No debi traerte aquí. Lo lamento-dijo el mirando a su alrededor.

-Pero... ¿Por qué?...si...-dijo ella hasta que vio los ojos del muchacho fijarse tras de ella, siguiendo su mirada, se encontró con una silueta esbelta de largos cabellos negros y unos ojos profundamente dorados que brillaban desde lo lejos.

Instinivamente Alex se coloco frente a la muchacha en actitud protectora, cuando vio a la sombra dirigirse sobre ellos a toda velocidad alzando un objeto largo y plateado.

Alex tomo una rama gruesa del arbol, y la alzo como si fuera una espada, corrió hasta encontrarse con el arma de la sombra que ahora podia ver con más claridad. Era

una joven como de su edad que vestia completamente de negro y que se movia con la gracia de un felino.
Habia algo mas un medallón que brillaba sobre su pecho.
Elizabeth se sorprendio al ver lo bien que el muchacho esquivaba a la misteriosa joven, cuando la espada de la muchacha estuvo cerca de hundirse en el pecho de Alex, Elizabeth no pudo evitar un grito que salio instintivamente; al notar como ambos reparaban en su presencia puso ambos manos sobre su boca, pero ya era demasiado tarde la sombra se dirigia hacia ella, sintio frio y miedo un terror inexplicable. Sabía que si aquella joven la alcanzaba seria su fin pero por más que lo intentaba sus piernas no respondian.
De repente la joven se detuvo en seco, se quedo parada a pocos centimetros de ella y su cara se mostraba como si hubiera visto a un fantasma.
<<Un momento su cara>> pensó Elizabeth. Su rostro, Elizabeth penso que ya lo habia visto antes.
La respuesta cayo sobre ella y sintio como si le hubieran lanzado un balde con agua fria. Ese rostro lo habia visto muchas veces, por supuesto. Era su propio rostro. Ambas se quedaron mirando por unos momentos hasta que vio como la muchacha se volteaba con tal rapidez y gracia interponiendo su espada para evitar un golpe. Era Alex estaba bien y estaba luchando. La muchacha misteriosa parecio recuperar la cordura y comenzó a atacar, se movia muy rápido nunca habia visto algo asi, hasta que vio a su amigo, Alex se movia con la misma velocidad y gracia, ¿Cómo era posible que supiera defenderse de esa forma? Hasta que de repente vio la espada de la muchacha rozar el costado del joven, este con un gesto de dolor puso una mano sobre su herida y

continuo defendiensose con la otra, pero Elizabeth sabia que si las cosas no cambiaban su amigo no seria precisamente el vencedor de la batalla, y menos al ver como sangraba por debajo de su camisa. El joven cayó a un lado y liz vio a la muchacha acercarse poco a poco sabiendo lo que estaba a punto de ocurrir, Alex iba a morir ahi mismo frente a sus ojos.

-¡Detente, detente, detente!- grito Elizabeth con todas sus fuerzas.

Al ver que sus gritos habian llamado la atencion de la muchacha, Elizabeth se sintió aliviada, con mucha rapidez la chica de negro volteo de nuevo hacia el joven pero esta vez era demasiado tarde este impacto la rama del arbol contra su cabeza haciéndola sangrar, al ver esto la muchacha le dedico una ultima mirada de odio y confusión a Elizabeth y desapareció frente a ellos dejando no mas que un soplo de aire frio.

# Capitulo Cuatro
## Sentimientos

Demian se encontraba de rodillas frente a su señor, cuando ambas puertas se abrieron tras ellos interrumpiendo su conversacion, ambos voltearon al ver a Cally entrando por la puerta con una herida profunda en su frente y gotas de sangre deslizando sobre su rostro.

El joven se levanto de un salto y alcanzo a la muchacha en centro del salón con rostro serio.

-Cally ¿Qué sucedio?- le pregunto preocupado.

-Tenias razon, el que estaba con ella era un guardian- respondio la muchacha con un hilo de voz.

-Estas herida... lo sabia no debi dejarte ir sola.

La muchacha llevo una mano a su cabeza y luego la coloco frente a ella observando la sangre. Era como si hasta ahora no hubiera notado que estaba herida.

-No es nada- dijo haciendo una pausa.- además no hay nada que pudieras haber hecho para evitarlo.

-sabes que eso no es cierto- dijo el con tono de ofenza.

-Ya basta- interrumpio Yiran, mirandolos con obvia molestia.

-Mi Señor- dijo Cally inclinando la cabeza.

-¿Qué sucedió? ¿Lo conseguiste?- pregunto casi adivinando la respuesta.

-no... habia un guardian con ella.

-Eso nunca te habia detenido antes- dijo el levantando la ceja.

-El no es como los demás... nunca habia visto ninguno que pudiera hacerme frente, nadie tan rápido...casi era como Demian- dijo mirando al muchacho.

El hombre la miro con desaprobacion y luego su mirada paso a la ventana por donde brillaba la luna.

-En diecisiete años nunca me haz fallado, asi que te lo dejare pasar por esta vez. Pero creo que no debo recordarte porque es tan importante que consigas ese medallón- dijo el con voz severa.

-No, mi señor- dijo ella inclinando la cabeza.- Pero hay algo más.

-¿De qué se trata?- pregunto Yiran mientras se volteba para ver a la muchacha.

-La chica... es igual a mi... es como verme en un espejo, el mismo rostro, los mismos ojos... ¿Por qué? ¿Qué es lo que me estas ocultando Yiran?- pregunto ella mirando fijamente a su señor.

-No te estoy ocultando nada criatura... no debe ser mas que una simple coincidencia- dijo Yiran con voz calma.

-Cosas como esa, no son simples coincidencias... además ¿Por qué hay un guardián real con ella?- dijo la joven mas para si misma.- Dijiste que yo era la unica Delorme que quedaba...

-Y lo eres- interrumpió Yiran antes de que la joven pudiera decir nada mas- deja de pensar en tonterias como esa, y concentrate en nuestra misión, debes conseguir ese medallón a como de lugar.

-Si, mi señor- dijo Cally agachando su cabeza.

-asi esta mejor- dijo Yiran saliendo de la sala.

Demian quien se encontraba tras la muchacha totalmente desconcertado por lo que acababa de escuchar, volvio su atención a una pequeña gota de sangre que caia al suelo desde la frente de la joven.
Al verla noto que esta llevaba una mano a su cabeza con un gesto de dolor, el dio un paso al frente tomandola de la muñeca y haciendola quedar de frente a el, viendo la profundidad de la herida.

La llevo de la mano hasta llegar a su habitación dejandola en medio de esta camino al cuarto de al lado y regreso con recipiente lleno con agua. Guio a la muchacha hasta sentarla en la cama y coloco el recipiente en una mesa junto a ella se puso de rodillas para quedar a su altura y sin decir una palabra desgarro un trozo de la manga de su camisa, luego lo doblo en un pequeño cuadro lo mojo con agua del recipiente y lo llevo a la herida de la chica para limpiar la sangre, esta movio su cabeza hacia atrás con un gesto de dolor; el joven lo intento de nuevo y esta vez ella permanencio quieta, hasta que sus ojos se encontraron, estaban muy cerca el uno del otro, Cally podia sentir el calor que provenia de su cuerpo llevandose sus pensamientos y concentrandolos en el muchacho que suavemente y con tanta ternura limpiaba sus heridas.

-yo pude haber evitado esto. Debi haberte acompañado sin siquiera preguntar.- dijo el con voz suave aun pasando el trozo de tela sobre la frente de Cally.

-tu siempre te preocupas por cosas pequeñas... de verdad no es nada- dijo ella en el mismo tono, sin apartar su mirada.

-Y tu nunca le prestas atención a las cosas pequeñas- dijo el con una mirada triste.

Cally sonrio y sientio como su corazón se llenaba de algo calido algo que ella no habia sentido nunca antes; y se sorprendió al ver que la sensacion le era agradable.

-Mi misión es protegerte pero no parezco estar haciendo un buen trabajo- añadio el muchacho mirando al suelo dejando caer ambas manos.

-Tu has cuidado de mi desde que era una niña... y ¿aun no crees estar haciendo un buen trabajo?... yo creo que te subestimas-dijo ella con una sonrisa triste.

-La proxima vez ire contigo- dijo el levantando la Mirada para verla. Al hacer esto se dio cuenta de lo cerca que se encontraba su rostro, tan cerca que podia sentir su respiración, y creyo que su mente le jugaba trucos al sentir como la respiración de la muchacha se aceleraba. Se acercaron un poco mas, el casi podia sentir sus labios rozarse, un poco mas y se cumpliria lo que el habia soñado tantas veces... solo un poco mas...

-no- dijo ella interrumpiendo el momento y separandose de el.

-lo lamento ha sido mi culpa.

-no. Me refiero a que no me acompañaras la proxima vez... esto es algo que me corresponde hacer solamente a mí- dijo suavemente.

-¿Qué?... ¿después de que te encontraste con un guardian real hoy? y ¿que por si fuera poco casi te mata de un golpe en la cabeza?- dijo él con repentina sorpresa.

-no exageres, no soy tan frágil... - dijo ella dandole la espalda.

-ademas aun no me has dicho a que te referias cuando dijiste que la dueña del otro medallón es igual a ti.-dijo con curiosidad.

-eso no es de tu incumbencia. No me hagas recordarte que tu no eres mas que un simple guardian, mi guandian.- dijo ella con voz severa- nunca te he tratado de esa forma no me hagas comenzar ahora.

-Disculpe… su alteza-dijo el inclinando su cabeza con respeto.

Y con eso ella salió de la habitación sin notar la sombra de dolor que pasaba por el rostro del joven.

Cally entro en su habitación cerrando la puerta tras ella y respirando entrecortadamente. Preguntandose por que no habia sido capaz de controlarse, ella no podia darse el lujo de sentir lo que ahora sentía, no ahora que su mente debía estar fría y concentrada en la misión que le había sido encomendada; además no podía permitirse sentir algo por Demian, ella sabia muy bien que eso no era permitido, ella era una Delorme, una princesa y el no era mas que su guardian. No ahora que estaban tan cerca de regresar a su mundo, donde ella estaba destinada a gobernar junto al hombre que la habia criado. Yiran se habia asegurado de que ella aprendiera a defenderse y a usar parte de su magia, ya que la otra parte no podia ser liberada, todavia no sin antes encontrar la llave.
Se dejo caer sobre su cama observando cuidadosamente los detalles en el tejado de su habitación. Pensando en su misión y el porque era importante no distrerse por nada, como lo habia hecho hace un rato con Demian.

El era un joven guardian quien por sus impresionantes

habilidades de combate a muy corta edad, habia sido escogido para proteger a la familia real, era además ocho años mayor que ella. En el mundo de los guardians, sobre todo los guardianes reales, estos debian proteger a sus magos asignados sin importar si su propia vida estaba en riesgo.
Demian al escuchar que la única sobreviviente de la familia Delorme quienes eran tambien los gobernantes de su mundo, estaba del lado del oscuro mago Yiran, decidio rendirse a este y servirle con la condición de que le fuera permitido estar al lado de la princesa y protegerla al tomar su puesto como guardian.

Asi habia sido por los pasados diecisiete años que habían vivido en Shalon. Este era el mundo de donde provenían los magos, Shalon era un planeta sumido en una profunda oscuridad creada por Yiran y los suyos. Era el lugar donde Demian y Cally habian permanecido reclutando poderosos magos que estuvieran dispuestos a servir al poderoso Yiran y matando a sangre fria a los que se oponian a su causa. Shalon habian permanecido en la oscuridad por casi veinte años.
En todo ese tiempo Demian no se habia apartado del lado de Cally ni un solo momento, era por eso que a ella se le hacia tan dificil pedirle que no se involucrara en su nueva misión y haria todo o posible para mantenerlo alejado de todo esto, aun si eso significaba lastimar sus sentimientos con palabras como las que se habia visto forzada a decir hace un rato en su habitacion.

Para ella no eran ningún misterio los sentimientos que el joven sentia hacia ella. El estaba enamorado perdidamente de la muchacha y ella lo sabia sin necesidad de una palabra, se lo decian sus ojos cada vez que encontraban los de ella, y por como su respiración se aceleraba cuando la tenía cerca, sin mencionar que el vivia para protegerla; mantenerla a salvo era su misión mas importante y estaba dispuesto a cualquier cosa por cumplirla.

Los pensamientos de Cally volaban de un lado a otro, recordando tambien cuando habia vivido en su mundo, el mundo de los magos en como habia aprendido a luchar y a perfeccionar sus poderes mentales, los cuales eran poderes exclusivos de la familia real y consistian en un tipo de compulsión que podia hacer que cualquiera que se encontrara con sus ojos viera lo que ella quisiera; pronto fue mejor que sus maestros y fue declarado que estaba lista para gobernar Shalon junto con Yiran, tan pronto tuvieran en su poder la llave.

En el mundo de los magos Yiran habia abierto una salida al escapar a la tierra, pero no podria volver a su mundo si no era con la llave, la cual a Cally le habia sido encomendada la misión de encontrar.

Un ruido interrumpio sus pensamientos, agudizando su oído escucho ruidos de espadas chocando provenientes de la parte de abajo del castillo, se levanto de un salto y salio por la puerta.

La joven se dirgia a averiguar lo que estaba sucediendo cuando se encontro a medio camino con Demian.

-¿Qué sucede?-pregunto ella.

-Un grupo de magos ha logrado entrar en el castillo-respondio.

-Deben estar muy desesperados para hacer algo asi, ¿Cómo han llegado hasta aqui?- pregunto ella con una sonrisa siniestra.
-No lo se, pero sea como sea estan rodeados no podran salir-dijo el con calma.

Cuando llegaron al nivel de abajo se encontraron con un grupo de magos rodeados por guardias quienes los amenazaban con sus espadas; los magos sin parecer tener miedo respondian a los ataques y aun al verse rodeados no se rendian ni bajaban sus armas.

-Suficiente-dijo la joven en la entrada del pasillo, abriendose paso hasta los atacantes quienes voltearon sus miradas llenas de terror al ver a la muchacha.

-¿Quién de ustedes va explicarme a que debo el honor de su visita?- dijo ella paseandose frente a ellos de un lado al otro tranquilamente con sus manos cruzadas sobre su pecho.
Silencio.

-¿Por qué de repente tan tímidos?-pregunto con una sonrisa pero no habia felicidad en su rostro.
No hubo repuesta.

-Esta bien... sera de la manera dificil entonces... tu -dijo señalando con la cabeza a un joven alto de cabello oscuro.

El joven tratando de esconder el terror que le provocaba ver a la muchacha se las arreglo para mostrar una mirada resuelta tratando de comunicar que no diria una palabra. Cally se paro frente a el y lo miro directamente a los ojos sin niguna expresión y solo una pequeña sonrisa curveaba sus labios.

-pero que lindas mascotas tienes...parece que les gusta morder... ¿Qué son?- dijo ella con suvidad dando un paso al frente y al inclinarse sobre su oido añadio como un susurro- ¿Serpientes?

Al escuchar esto el hombre comienzo a ver como horribles serpientes se enrollaban lentamente sobre sus piernas y por todo su cuerpo, parecian ser cienes y todas lo picoteban con furia una y otra vez inyectando veneno, ve como su piel comienza a colorearse pasando de morado a negro, sintiendo con desesperacion el veneno recorrer por sus venas se sacudia con fuerza, gritaba, lloraba pero no habia forma de parar las escurridizas serpientes que se paseaban por su cuerpo. Los demás magos con terror en sus ojos ven como su compañero, pide ayuda.

-¡Quitenmelas! Por favor...las serpientes... ¡Quitenmelas!- gritaba el joven quien poco a poco dejaba de respirar hasta quedar en el suelo sin vida.

Ninguno pudo ver realmente a las serpientes, porque ahi no habia niguna; era un truco mental producido por los poderes de Cally, pero ilusiones o no, la mente de la victima las hacia reales, si el hombre habia imaginado cientos de serpientes mordiendo su cuerpo por supuesto habia imaginado el veneno que poco a poco habia acabado por matarlo de una manera lenta y dolorosa.

-Alguien mas... que tal tu- dijo parandose frente a un jovencito de no mas de catorce años. Quien la miraba con sus ojos llenos de lagrimas.

La joven abrio su boca para decir algo, pero fue interrumpida por un hombre quien llegaba corriendo y gritando con desesperacion.

-Alteza... Alteza- dijo parandose a la entrada y tratando de recuperar el aliento.

La joven volteo lentamente su cabeza para mirarlo.

-¿Qué sucede?-pregunto.
-La piedra roja... se la han llevado-dijo el hombre con un tono de alarma.

El rostro de Cally muestro sorpresa primero, luego cambio a enojo en un instante, se separo del joven mago y camino hasta quedar muy cerca del guardia que llegaba con la noticia.

-¿Qué has dicho?- pregunto alzando una ceja.

-Señorita lo siento... la piedra no esta-dijo este con los miedo pintado en sus ojos.

-¿Qué no eras tu el encargado de cuidarla? ¿Quién se la llevo?- pregunto con un tono suave pero amenazador.

-No lo se... alguien uso un hechizo sobre nosotros... ninguno pudo ver nada- dijo el guarda agachando la mirada.
Sin ningun aviso la joven lo tomo por la camisa y lo estampo contra la pared con fuerza, colocando su espada sobre su cuello.

-Inutil- dijo la joven con enojo.- Era tu responsabilidad cuidar de la piedra y si no me dices quien se la llevo en este instante... vas a responderme con tu vida.

-S-su... Alteza- respondio el hombre temblando de panico- N-nadie l-logro ver.

-Eres un inútil- dijo ella suavemente dandole la espalda y caminando hacia el grupo de magos que se encontraban aun más asustados que antes -Demian.

Este al escuchar su nombre y con un solo asentimiento de cabeza saco su espada y traspazo al hombre con ella, sacando la espada un momento despues y dejandolo caer sin vida al suelo.

Volviendo a los magos con un rostro inexpresivo, Cally se paseaba mirando a cada uno a los ojos.

-quemarse vivo. Eso debe doler
Al decir esto los magos observan como a sus pies comienzan a aparecer llamas de fuego y como su piel se quemaba poco a poco, las brazas crecian hasta cubrirlos.

-¿A dónde se llevaron la piedra?- dijo Cally alzando la

voz para hacerse escuchar sobre los gritos de dolor de los magos.- ¿a dónde?

Ninguno de los magos contestaba por lo que Cally comprendio que sin importar lo que hiciera no lograria sacar ninguna informacion de ellos.

-Basta- y al momento el fuego desapareció –No me sirven... matenlos a todos- dijo suavemente alejandose por el pasillo, escuchando gritos desesperados a sus espaldas.

# Capitulo Cinco
## Fiesta

Era de mañana, Elizabeth se levanto de su cama pensando en los extraños sucesos de la noche anterior, casi no habia podido dormir. Alex se habia ido casi corriendo poco despues de la pelea, ni siquiera habia permitido a Elizabeth curar sus heridas sobre todo la de su costado, el solo se marcho sin mas disculpandose por haberla llevado a ese lugar tan tarde en la noche.

A la joven todavía le parecía que todo había sido una pesadilla, una horrible y confusa pesadilla.

Se levanto de la cama alcanzando la bata que estaba sobre el tendedero de la puerta y se paro frente a la ventana tratando de recordar todos los detalles de la noche anterior, sentia que todo habia pasado tan rapido pero a la vez era como que el tiempo se hubiera detenido.
Solo recordaba la gracia y habilidad de la chica que vestia completamente de negro y de su compañero que la habia defendido con la misma rapidez y velocidad, eso la hizo recordar a su atacante, su rostro; recordaba que verla a la cara habia sido como verse a un espejo.
Como era posible que hubiera otra persona con su

mismo rostro. Su misma nariz, su misma boca y sus mismos ojos; excepto la frialdad que habia en aquellos ojos.
Sin pensarlo dos veces, camino hasta el cuarto de baño y se paro frente al espejo, no se habia equivocado de verdad era igual a ella.

-Pero... ¿Por qué?- se pregunto a sí misma sin encontrar una respuesta.

La distrajeron unos suaves golpes en la puerta, camino y abrió. Frente a ella estaba su padre.

-Buenos dias- dijo el con una sonrisa – Ya es hora de levantarse... son las ocho y el desayuno esta listo.

-papá, lo siento no tengo mucho apetito.-dijo ella respondiendo a la sonrisa y negando con la cabeza.

-no, no, no nada de eso el desayuno es la comida mas importante del dia. Ademas te cocine tu favorito... pancakes-dijo guiñando el ojo.-Vamos ponte algo y baja... te espero.

Frederick comenzó a caminar hacia las escaleras, cuando liz lo detuvo.

-Papá- lo llamo

Su padre se volvio alzando las cejas en señal de pregunta.

-¿Es posible que haya otra persona con tu mismo

rostro?-pregunto escuchando lo ridicula que sonaba la idea.

-¿De qué hablas?- pregunto su padre.

-Es solo una pregunta que se me ocurrio- dijo sonriendo- pero dime ¿es posible?

-bueno he escuchado que hay personas que tienen siete rostros parecidos o algo asi- dijo soltando una suave risa- pero no se si es una información confiable.

-mmm... si-dijo agachando la cabeza en ademan pensativo.- esta bien bajare en un rato.

Con una sonrisa Frederick se volvió y se dirigio a la cocina, liz cerrando la puerta se dirigió al closet en busca de algo que usar, lo vio de un lado a otro y escogio un par de blue jeans, una camisa de manga larga color azul oscuro botas negras y una bufanda que hacia juego coloco todo sobre la cama y se dirigio al baño para tomar una rápida ducha, luego se vistio, cepillo su cabello y lo dejo caer suelto mostrando sus ondas naturales.

Bajo para encontrarse con su padre quien ya se encontraba sentado a la mesa con un plato frente a el, una taza de café, y el periódico del dia. Noto su plato ya sobre la mesa con dos pancakes y jarabe de maple junto a una taza con jugo de naranja, con una sonrisa y un beso en la frente saludo a su padre para despues sentarse a disfrutar su desayuno. Cuando este la interrumpió al primer bocado.

-¿Qué Alex no se despierta todavia?... su desayuno se va a enfriar.

-ah... si...mmm... ¿papá?- dijo liz nerviosa.

-¿si?-dijo el mirando de Nuevo a su periodico y tomando un sorbo de café...

-acerca de eso...mmm...-dijo la joven tratando de sonar casual- Alex se marcho ayer por la noche.

Al escuchar esto Frederick dejo caer el café sobre su camisa y se lenvanto de un salto al sentir lo caliente.
-ay ay ay- dijo tomando su camisa con dos dedos y agitándola.- ¿Qué haz dicho?... ¿Cómo que se fue? ¿Por qué?

-bueno dijo que agradecia la hospitalidad... pero que tenia unos asuntos pendientes-dijo ella buscando una manta para limpiar la camisa de su padre quien ahora tenia una horrible mancha café en su pecho.

-¿asuntos pendientes? ¿A esas horas de la noche?- pregunto Frederick calmandose un poco.

-si bueno, yo no sé, papá.

-¿En que andara ese muchacho? es una buena persona de eso estoy seguro pues conoci bien a su padre pero ¿Qué no te parece como muy misterioso y callado?-dijo el con profunda curiosidad.

-un poco... bueno si algo... creo que es mas porque la

muerte de su padre es muy reciente pero...-antes de decir algo mas vio a su padre dar un paso atrás y resbalar con parte del café que se encontraba en el suelo, al caer trato de tomarse de la mesa pero no la alcanzo haciendola temblar; sentado en el suelo y por el movimiento de la mesa la jarra de la crema le cayo justo en la cabeza derramandola por todos lados.

-¡Papá!- exclama la joven tratando de alcanzarlo.- ¿Te encuentras bien?

Frederick solo la miro con ojos apenados sin poder levantarse del suelo. Elizabeth cobria su boca tratando de esconder la risa, no le parecia nada raro ya que esta no era la primera vez que veia a su padre hacer algo asi.

-traere algo para limpiar. Deberias darte un baño-dijo alzando una mano para levantar a su padre, salió de la habitacion riendo.

Al cabo de un rato Elizabeth se encontraba en su habitación estudiando algunos capitulos de su libro de biología, aunque ella sabia que no importaba cuanto lo intentara no podria concentrarse, no con todo lo que habia pasado la noche anterior, tampoco podia dejar de pensar en Alex y como habia arriesgado su vida para mantenerla a salvo, pero sobre todo no podia olvidar a aquella joven que los habia atacado sin saber el por que, y su rostro ¿Por qué era igual a ella? tenia que haber alguna razón lógica, talvez su padre tenia razón, talvez por cada persona en el mundo, habian otras siete con caras parecidas, pero su padre habia dicho parecidas; esta chica era idéntica a ella, <<esa es una gran

diferencia>> penso.

Era sábado por la tarde, casi eran las cinco cuando Elizabeth decidio guardar sus libros, no recordaba una sola cosa de las que habia leido ya que no habia estudiado nada porque su cabeza estaba muy ocupada haciendose preguntas, como para ademas agregar los tediosos temas de biología. Asi que tomo su ipod y abrio la carpeta de su banda favorita, busco la cancion numero dos. Se quedo ahi por otra hora cuando comenzo a sentir un sueño muy pesado, poco a poco fue cerrando los ojos hasta encontrarse una vez mas en uno de sus extraños sueños.

Se encontraba en una sala grande, con paredes de piedra y grandes ventanales, camino paso a paso hasta quedar frente a la sombra de un hombre, usaba una túnica negra que cubria desde su cabeza hasta sus pies, al acercarse lo único que pudo notar fueron unos aterradores y peligrosos ojos color rojo sangre, que la miraban fijamente, pudo detectar algo en ellos que se le parecia mucho al enojo.

-Cally-dijo con voz grave.- ¿Qué fue lo que paso? ¿Dónde está la piedra roja?
-unos magos lograron entrar y la robaron, le he preguntado a los guardias, ninguno pudo ver nada... al parecer usaron algun tipo de hechizo para cegarlos.- escucho una voz femenina, cuando noto que era su voz la que hablaba, pero algo en su interior le dijo que no se trataba de ella.
Cuando reparo en la conversacion se quedo paralizada,

¿había escuchado bien? ¿Magos? ¿De qué se trataba todo esto? Además ¿de qué piedra estaban hablando?

-¿Me quieres decir que unos simples magos burlaron la seguridad?-dijo el hombre con severidad.-Y tu ¿Dónde estabas?

Se vio dudar, hasta que por fin repondio:

-Estaba pensando... en la chica-dijo mirando al suelo.

-Ya te dije que es una simple coincidencia, no deberias dejarte distraer de esa manera por estupideces. Ahora se han llevado la piedra y no tenemos idea de hacia donde.-dijo la voz dando un paso al frente.

Cuando abrio la boca para contestar, escucho al fondo el sonar de un telefono y fue recuperando la conciencia poco a poco hasta despertarse por completo. Se dio cuenta que era su celular el que sonaba, lo tomo y vio en la pantalla "Numero Privado" lo penso antes de contestar pero al final asi lo hizo.

-Hola-dijo con voz suave.

-Hola bebe-dijo una voz cantarina al otro lado.

-¿Quién es?-pregunto Elizabeth.

-Soy yo Sasha... pensé que tal vez me extrañabas y decidi llamarte.
-¿De donde haz sacado mi número de telefono?-pregunto Elizabeth con una sonrisa.

-Pues sabes es muy fácil conseguir ese tipo de información cuando se sabe como.

-¿ha si? Ya veo... y en realidad ¿Por qué haz llamado?

-Pues queria invitarte; hare una fiesta esta noche en mi casa y pense que seria perfecto para la chica nueva venir y socializar un poco-dijo Sasha con voz de que no aceptaria un no por respuesta, aun asi Elizabeth lo intento.

-Pero no se donde vives, ademas le prometi a mi padre que pasariamos el fin de semana juntos- dijo con tono de disculpa.

-oh vamos... estoy segura que tu papa entenderá, la vida social de una chica es algo serio... anda vamos-dijo con suplica en su voz.- ¿4526 Grand street a las ocho?

-esta bien lo intentare-dijo con un suspiro.

-bueno te veo esta noche bebe... ciao-dijo lanzando dos besos por el teléfono.
Elizabeth sonrio, pensaba que casi podia considerar a Sasha su amiga, era extraño para ella, nunca nadie se habia acercado a hablar con ella; mucho menos invitarla a una fiesta, además era sábado por la noche, porque no ir y talvez de esa forma podria despejar su cabeza un poco. Se levanto de la cama y bajo a preguntar a su padre.

Cuando lo encontro el se hallaba sentado en el sofa

entre medio de un sin fin de papeles.
-¿Papá?- dijo sentándose a su lado.

El aparto su atencion de los papeles para concentrarse en la muchacha.

-mmm... me llamo una compañera de clase y bueno... esta teniendo una fiesta esta noche... y me ha invitado y... yo se que prometimos pasar el fin de semana juntos pero sera solo por esta noche... ¿puedo?-pregunto con la voz temblando.

-¿una fiesta?... pense que no te gustaban esas cosas -pregunto el alzando una ceja.

-bueno es que en realidad nunca nadie me habia invitado a una-dijo con voz suave, intercambiando la mirada de su padre al suelo y viceversa.

-Con una condición- dijo el con un suspiro- y es que mantegas tu celular contigo todo el tiempo.

-Gracias papá-dijo ella dándole un beso en la mejilla- pero... ¿crees que puedas llevarme?

-¿Por qué no mejor te llevas tu?-dijo el formando una sonrisa y dandole las llaves de su camioneta.

-gracias, gracias, gracias-dijo la joven lanzandose en los brazos de su padre- eres el mejor papá del mundo, la cuidare mucho lo prometo.

-Eso ya lo se-dijo el separandose de la joven- maneja con cuidado ¿si?

-si señor-contesto haciendo un saludo militar y sonriendo.

Al final le dio otro beso y se dirigio hacia el garage, una vez ahi subio a la camioneta que era una Nissan del 98 color verde, aunque un poco descolorida. Subio al coche, prendio el GPS que su papa tenia en el auto, despues abrió la puerta del garage y se dirgio a la casa de su compañera.

La voz en el GPS le hizo doblar a la izquierda indicando que habia llegado a su destino. Elizabeth se encontraba frente a una casa de dos pisos, amplia, pintada de un color melon suave; al ver que el frente se encontraba lleno de carros decidio parquear a un bloque de ahi. Apago el motor de su vehiculo cuando se dio cuenta que sus manos sudaban helado y temblaban con fuerza; esta era su primera fiesta con sus compañeros de clase, ¿Qué pasaría si algo malo ocurría?, ¿Cómo les daría la cara el lunes por la mañana?
<<Todo saldra bien, solo es una fiesta>> penso tratando de tranquilizarse.

Abrio la puerta y se dedico a caminar hasta la casa de su amiga, llego hasta la puerta y toco el timbre. Una muchacha de cabellos negros que dibujaba una hermosa y amplia sonrisa sobre su rostro se paraba frente a la entrada.

-Hola Sasha-dijo Elizabeth con una sonrisa.

-Llegaste, hace mucho rato que te espero, crei que te habias perdido o algo asi... anda pasa no seas timida-dijo tomando la de la mano de la muchacha haciendola pasar.

Elizabeth sintio desmayarse al ver el interior de la casa, las paredes pintadas de un color azul cielo con cuadros adornando los pasillos, ademas los muebles parecian haber costado una fortuna, toda la casa como sacada de uno de esos importantes catalagos.
-bonita casa-fue lo único que se le ocurrio decir.

-si mi madre parece tener una obsesión en decorar interiores, a veces pienso que deveria dejar su carrera de abogada y dedicarse al diseño-dijo con cierto sarcasmo.

-discula, ya vuelvo, tu sirvete algo de ponche sientete como en casa- dijo sasha con un suspiro al ver como un grupo de jovenes se lanzaban una lámpara.- ¡No jueguen con eso!-grito sasha poniendose al frente de los chicos arrebatandoles una lampara que parecia salida del mismo catalogo que el resto de los muebles en la casa.

A Elizabeth le parecio buena idea recorrer el resto de la casa, asi que comenzó a caminar y ha observar la fiesta, fue cuando comprendio que ella no estaba preparada en lo mas minimo para toda aquella locura, vio un grupo de jovenes cantando karaoke sobre una mesa mientras los demás les aplaudian o abucheaban no juzgando el

talento de los jovenes para cantar sino mas bien quien de ellos estaba mas ebrio.
Al otro lado vio a uno de sus compañeros de clase deslizandose por el barandal de las escaleras, y unos chicos hablandole al oido a un par de muchachas.

-Vaya- dijo ella mirando al rededor.

Cuando sus ojos notaron una figura que vestia jeans negros, tenis converse, una camiseta del mismo color, y una gorra de baseball negra que hacia sombra ocultando sus ojos, el joven se encontraba recostado en una pared, con los brazos cruzados sobre su pecho, su postura mostraba que no buscaba conversacion con nadie.
Dos chicas con estilo de animadoras trataban de conversar con el muchacho en ademan coqueto.

Alex no hacia mas que asentir con la cabeza obviamente molesto, cuando Elizabeth sintió un fuerte empujon que la hizo caer de bruces al suelo, un chico que por supuesto se encontraba borracho la habia hecho perder el balance derramando tambien su bebida sobre la muchacha.

-lo lamento- dijo el joven ebrio siguiendo su camino.

Elizabeth trataba de ponerse de pie cuando sintio un par de manos que la sujetaban con cuidado por la cintura ofreciendole ayuda.

-¿Estas bien?- dijo una voz tras ella

-Si... bien, solo cubierta de...- dijo tomando tratando de

oler que habia caido sobre su blusa- ¿Qué es esto?

-cerveza creo yo- dijo el muchacho tras ella

Cuando se volteo para ver quien le habia brindado ayuda, se encontró con un joven bien parecido de alta estatura, con cabello oscuro arreglado cuidadosamente a un lado escondiendo su frente y ojos azul profundo, era de tez blanca y vestia de manera muy casual, blue jeans y una camiseta roja.

-Vaya asi que era verdad- dijo el joven encontrando sus ojos que la miraban con interés. Tú debes ser Elizabeth ¿no es cierto?... he escuchado mucho sobre ti.

-¿ha? ¿Qué?- dijo ella con sorpresa- ¿Cómo qué?

-escuche que eras muy hermosa, que haz venido desde West Virginia, y además... que eres muy mala para los deportes- agrego el con una sonrisa burlona.

-¿has escuchado que soy mala para los deportes?- pregunto ella. Genial ahora toda la escuela lo sabia, como habia sucedido eso en solo una semana de clases.

-No- dijo el joven finalmente- lo he visto.

Esto hizo sonreir a la joven quien se sintio culpable ya que nunca habia reparado en el muchacho, siempre estaba tan concentrada en correr de una clase a otra, o con Sasha, o simplemente pensando en Alex quien ahora la miraba con atención y curiosidad.

-Gracias... por lo de hace un rato... que detalle-dijo ella sintiendo vergüenza al recordar su caida.

-Fue un placer, estos chicos son muy molestos cuando se pasan de copas- dijo y extendiendo la mano agrego- pues mucho gusto, me llamo Oliver.

-Mucho gusto Oliver, yo soy Elizabeth... aunque creo ya sabias eso- dijo respondiendo al saludo, tan pronto tomo la mano del muchacho sintio un frio recorrer su espalda, no sabia si eso era bueno o si era un mal presentimiento.

-¿Te traigo algo de beber?-dijo el joven amablemente- ¿Qué te gusta?

Liz lo penso dos veces antes de contestar:
-un refresco de naranja esta bien-dijo.

-regreso en un momento-dijo con un guiño.

-Parece que Oliver tiene los ojos puestos en ti-dijo la voz de Sasha tras ella.

-No el solo... me ha rescatado de un momento muy vergonzoso y trata de ser amable-respondio Elizabeth negando con la cabeza.

-Si claro porque Oliver Anghel es asi-dijo esta con una sonrisa burlona estipulando lo contrario.

-A ¿Qué te refieres?

-Bueno me refiero a que el es uno de los chicos mas

cotizados del instituto, además de ser conocido por sus grandes habilidades en los deportes, tambien es conocido por su increíble talento para jugar con las chicas... asi que te aconsejo que tengas mucho cuidado.- dijo sasha con una sonrisa- pero eso no quieres decir que no puedas divertirte con el.

-Yo no estoy interesada en tener nada con nadie, por el momento tengo demasiadas cosas que hacer.-dijo Elizabeth mirando alrededor, sus ojos encontraron a la figura de Alex instintivamente.

-Un refresco de naranja para la dama-dijo Oliver a sus espaldas.

Esta se volvio para mirarlo y algo en su interior le decia que se alejara de inmediato, pero era como que su cabeza y su cuerpo no cordinaran, habia algo en aquel muchacho que le llamaba mucho la atencion.

-Gracias- dijo la joven tomando el vaso plastico rojo que le ofrecían cuando dio un paso atrás resbalo perdiendo el balance.

Cuando de repente sintio una mano que la sujetaba de su brazo evitando que cayera de bruces al suelo, al levantar sus ojos se encontró con los ojos de Alex que la miraban serio por debajo de su gorra.

-¿estas bien?- pregunto Oliver que la sostenia de su otro brazo.

-Si- dijo ella sin poder apartar la vista de esos ojos grises que la miraban fijamente.

-Yo me hago cargo desde aqui-dijo Alex mirando al otro joven y tomandolo por la muñeca.
Ambos jovenes se miraron y Elizabeth pudo sentir la tension que habia entre ellos.

-ha yo... gracias pero sera mejor que me vaya a casa ya se hizo muy tarde- dijo ella tratando de calmar los aires.

-Te acompaño a tu coche- dijo Alex haciendola caminar frente a el en ademan protector al mismo tiempo que ella le dedicaba una mirada de disculpa a su amiga y al joven junto a ella.

Al salir al pasillo del frente de la casa, Elizabeth comenzaba a caminar en dirección a donde habia aparcado su coche molesta por lo que habia sucedido, cuando Alex la detuvo tomandola por el brazo.

-¿Cuál es tu problema?- dijo ella soltandose bruscamente.
El joven no respondió a la pregunta simplemente se paro frente a ella, muy cerca, tanto que ella sintio que no tenia fuerza en sus piernas, penso que si el no la sujetaba iba a caer en cualquier momento.

-Hay un lugar que quiero mostrarte-dijo el joven con los ojos fijos en ella, esa mirada que borraba todos los problemas, las dudas, el enojo. Era como si el centro del mundo se convirtiera en aquellos ojos.

Ella no pudo mas que asentir con la cabeza, mientras el

le indicaba con un gesto a seguirlo; caminaron poco hasta parar frente a un Subaru impreza Wrx del año color azul electrico, el abrio la puerta del pasajero y le indico subir.

-¿Este es tu auto?- pregunto ella con los ojos abiertos en sorpresa.

-si- respondio el con una pequeña sonrisa.- anda vamos.

Elizabeth subio con nervios, el joven tomaba su lugar en el lado del conductor y la miraba como adivinando los sentimientos de la muchacha.

-Tranquila... no muerdo- dijo con la misma sonrisa que hacia que la muchacha se sintiera débil.

Ella solo le dedico una sonrisa timida y con esto puso el vehiculo en marcha.
Permanecieron en silencio hasta llegar a lo alto de una colina, apago el motor y salio del auto rodeandolo para abrir la puerta del pasajero donde se encontraba sentada la muchacha sin moverse.

-¿Te vas a quedar ahi?- pregunto Alex suavemente.
Ella se bajo del auto quedandose pegada junto a la puerta mientras el camino hasta la orilla de la colina para ver las luces de la ciudad.

-Mi padre y yo veniamos aqui todo el tiempo-dijo el sin quitar los ojos del paisaje- Nos encantaba acostarnos en el frente del auto y nos quedabamos horas buscando las constelaciones de las estrellas, además a el le

encantaba la vista de la ciudad, de donde yo vengo hace mucho no se ven las estrellas.
-¿De dónde vienes? y ¿Dónde es eso?-pregunto ella tras de el.

-Es un lugar muy lejos de aqui... y además de eso ya hace mucho-dijo pasando sus ojos de la ciudad al cielo.

-Oye Alex yo queria preguntarte sobre lo que que sucedio anoche-dijo ella con cautela- ¿Quién era esa chica? ¿Por qué nos ataco? Además ¿Por qué es igual a mí?

-Son muchas preguntas-dijo el cerrando los ojos al sentir el viento soplar.

-¿Por qué tu no parecías sorprendido al verla? Y ¿Cómo es que peleas de esa forma? Fue incredible... Alex necesito respuestas- dijo ella con un toque de desesperación en la voz.

-Ya te he dicho que son muchas preguntas y yo no tengo las respuestas- dijo el volviendose para mirarla.-Para comenzar no tengo ni idea de quien era, además creeme yo estaba tan sorprendido como tu de verla.

-Y ¿Cómo es que te defendiste de esa forma? Fue sorprendente, y ¿tu herida?- habia admiración en sus ojos.

El camino hacia ella, la muchacha dio dos pasos hacia atras sobresaltandose al sentir el frio metal del auto a su espalda, el se acerco mucho mas quedando muy pegado de ella, podia sentir la respiración entrecortada de la muchacha y sintió que a el tambien le costaba respirar ella lo miraba con sus enormes ojos de color dorado y los veia brillar, no podia apartar sus ojos de los de ella ni ella de el, eran como imanes como dos fuerzas atraidas la una por la otra.

-No soy quien tu piensas-dijo el joven acercandose un poco mas.
Ahora ella podia sentir el aliento del joven y el sentia el aroma a rosas que emanaba de ella.

-¿ha si?-dijo ella con la voz temblándole.-y ¿Quién eres entonces?

-Creeme no lo quieres saber… aun no.

Ella tomando la vicera de la gorra del muchaho, la deslizo suavemente hacia la parte de atrás de su cabeza; era como una invitación de su parte; se dio cuenta de las ganas que tenia de besarlo, de sentir el sabor de sus labios de dejarse llevar por el momento, el como adivinando sus pensamientos coloco las manos sobre el vidrio del carro, cerrandole las salidas, la joven temblaba, pero no sabia si era causa del viento o de la tensión del momento, se acerco un poco mas, ya no habia ningún espacio entre ellos, rozo los labios de la muchacha, cuando se detuvo al escuchar el sonar del teléfono que ella llevaba en la bolsa de su pantalón; el se aparto un poco dandole lugar para contestar la llamada, Elizabeth no podia ni siquiera encontrar el botón para contestar, hasta que poco a poco fue recuperandose contesto.

-H-hola P-papá- dijo tartamudeando.

-ya estaba saliendo... llegare en un momento ¿está bien?

Su padre dijo algo al otro lado de la linea ha lo que ella respondio- lo se... tambien te amo... te veo en casa.

Cerro su telefono y lo coloco detro de su bolsa, miro a Alex por un momento con ojos avergonzados. El no lo sabia pero ella nunca habia besado a nadie.

-Tenemos que irnos- dijo ella.

El solo asintió con la cabeza, abriendo la puerta del pasajero y cerrandola una vez que estuvo dentro, subio a su puesto y la llevo de vuelta a la casa de Sasha donde al llegar sin decir una palabra al muchacho, subio al coche de su padre y lo puso en marcha.

# Capitulo Seis
## Un hombre en la carretera

Conducia por una carretera oscura a las afueras de la ciudad, el reloj ya daba la medianoche y Elizabeth no podia sacar de su cabeza lo cerca que habia estado Alex de besarla, ¿Qué había sido todo eso? Ella no podia creer que el de verdad estuviera interesado en ella, además ¿Por qué se había molestado tanto cuando la vio conversando con Oliver? ¿Habrán sido celos? Su respiración se entrecortaba cada vez que recordaba, su aroma, el calor que producia su cuerpo cada vez que la escena llegaba a su cabeza su corazón se aceleraba y sentia una corriente recorrer todo su cuerpo. ¿Qué había en ese muchacho que le provocaba un sentimiento tan fuerte como ese? ¿Por qué no podía dejar de pensar en esos ojos? Aquellos ojos grises que la habian visto con cariño hace un rato. <<Ya basta>> penso <<controlate, tienes que controlarte>> se dijo golpeando suavemente su cabeza con la parte de atras de su asiento, queria dejar de recordar y de pensar en Alex pero le era imposible arrancarlo de sus pensamientos. Se pregunto una vez más si el estaria pensando de esa manera en ella <<No tonta>> dijo para sí << ¿Cómo crees?>>

En un instante le parecio ver una sombra parada en el medio de la carretera, tratando de esquivarla movio bruscamente el volante hacia el lado derecho y el carro golpeo un árbol que se encontraba en el lado de la carretera.

Abrió la puerta para salir del coche sintiendose mareada, sintio algo calido en su frente y efectivamente habia sangre deslizandose sobre su rostro, cuando sintió un frio recorrer por su espalda provocandole escalosfrios, volteo su cuerpo para ver pero no habia nadie, escucho pasos acercarse a ella, pero no habia nada, hasta que logro ver unos ojos a lo lejos eran extraños de un color purpura o al menos eso le parecio ver, trato de ver con mas atencion pero el golpe en su cabeza no se lo permitia, cuando por fin vio la silueta de un joven salir de entre los arboles; Elizabeth sintió un miedo inexplicable apoderarse de ella, trato de gritar por ayuda pero no pudo, quizo correr pero sus piernas estaban clavadas al suelo el hombre se acercaba mas y mas a cada segundo, por un momento pensó que moriría ahí mismo, que si aquel hombre queria hacerle daño no habia forma de escapar, se acercaba como un felino, acechando su presa.

Pasaron unos segundos que para ella parecian una eternidad, cuando vio a la sombra voltear bruscamente la cabeza, volvio de nuevo encontrando sus ojos, ella sintio miedo pero algo en su mente le dijo que estaba a salvo; por ahora. En un momento vio un flamante auto color azul electrico y una placa con la marca Subaru brillando a la luz de la luna, vio a la sombra correr hacia los arboles, mientras un joven se bajaba del asiento del conductor y se apresuraba a llegar a ella, arrodillandose ante ella vio al joven mover la boca con desesperación, pero no podia escuchar nada, sentia como algo mas fuerte que ella la hacia cerrar los ojos, poco a poco fue perdiendo la conciencia no sin antes fijar su mirada en aquellos hermosos ojos grises que la hacian sentir segura, su mirada se fue poniendo borrosa y solo pudo escuchar una voz llamando su nombre justo antes de caer desmayada en los brazos del joven.

Alex tomo a la muchacha con tal ligereza era como si no pesara nada en lo absoluto, pero tambien era como si llevara el tesoro mas preciado en sus brazos, alcanzo el coche y la coloco con cuidado en el asiento del pasajero, apresurandose a conducir por la carretera.

La joven se desperto poco a poco. Se encontraba en una habitación blanca y clara trato de enfocar la vista y se dio cuenta que era un cuarto de hospital, miro a su alrededor y encontró ahi al muchacho que la veia con preocupación pero a la vez alivio al verla despertar.

-Hola- dijo con suavidad- ¿Cómo te sientes?

-bien... solo un poco mareada-dijo haciendo un esfuerzo por recordar lo que había pasado, el joven habia llegado justo a tiempo para salvarla de aquella sombra que le había provocado terror.- ¿Cómo has sabido donde estaba?

-No lo sabia- confeso el- me dirigia a mi casa cuando vi tu coche estampado en un árbol... me detuve de inmediato para ver si estabas herida.

-Y ¿el hombre?-pregunto ella con voz temblorosa.

-¿Qué hombre?- pregunto el con tono de alarma.

-Habia un hombre, se encontraba parado justo en medio de la carretera, trate de esquivarlo y fue por eso que choque contra el árbol- explico ella.

Alex se quedo pensativo un rato como repasando la informacion que le brindaba la muchacha, volteo sus ojos que la miraban con infinita preocupación.

-Elizabeth tienes que regresar de inmediato al instituto, tan pronto como salgas de aqui... ahí estaras segura.

-¿Qué? ¿Pero qué es lo que pasa? Y ¿Por qué dices que en el instituto es donde estare segura?- pregunto

-Ellos conocen tu casa- dijo el con voz suave pero sin dejar el tono de alarma.

-¿Quiénes son ellos? ¿De qué hablas?-pregunto ella entre desesperada y molesta.

-No te lo puedo explicar ahora. No preguntes y haz lo que te digo- exclamo el joven perdiendo la paciencia por un momento.

-¿Qué te hace pensar que haria lo que me dices asi sin mas?...

-Porque te mantendra a salvo-la corto el.- escucha yo quiero protegerte... pero para eso necesito que confies en mi, si te digo que no puedo explicarte ahora es por una razón. Ademas no puedes decirle a nadie lo que has visto.

-Al menos dime la razón... Alguien trato de matarme esta noche o al menos eso creo... ¿Cómo esperas que no haga preguntas?-dijo elevando la voz.
-Nadie va a tocarte, pero por favor Elizabeth... por favor ten un poco de paciencia- le rogo el posando sus ojos en ella.

Cuando abrio la boca para contestar, alguien abrió la puerta y una cabeza se asomaba, era su padre; al ver que la joven estaba despierta entro a la habitación y tomo asiento a un lado de la cama.

-Lizzie ¿Cómo te sientes?-pregunto el padre con ternura.- el doctor dijo que no habia nada grave, pero...

-bien papá... estoy bien no te preocupes por mi-dijo ella con una sonrisa cansada.

-que no me preocupe... si me has dado un susto de muerte ¿Qué fue lo que sucedio?- pregunto reprendiendola, pero sonando mas con curiosidad.

-Me parecio ver un animal en medio de la calle, asi que trate de esquivarlo y perdi el control del auto-dijo dando una mirada significativa al joven, quien le devolvio la misma mirada- ni siquiera lo pensé, lo lamento no quise estrellar tu coche.

-Eso es lo que menos importa, lo importante es que tu estas bien y a salvo- dijo el abrazandola.

Elizabeth dudaba de la parte que decia que ella estaba a salvo, pero por supuesto no iba a decirle a su padre que creia que habia alguien buscandola para hacerle daño.

Asi que solo devolvio el abrazo, pero en su corazón sabia que las cosas estaban lejos de encontrarse bien.
-Bueno sera mejor que me vaya... Aun tengo algunas cosas que arreglar-dijo Alex mirando a la muchacha.

-Gracias por estar aqui- dijo la muchacha.

-Gracias muchacho-dijo Frederick- de no haber sido porque tu pasabas por ahi en ese momento no se que habria sido de Lizzie.

-Fue un placer ayudarla- dijo incomodo por la gratitud del padre de la joven.- Elizabeth recuerda que tenemos ese trabajo de biología en el que tenemos que trabajar, yo se que tuviste un feo accidente, pero si te sientes mejor, yo me ire de una vez al instituto asi que podemos reunirnos ahí- mintió el joven.

-S-si claro tan pronto me den de alta, si a ti no te importa- dijo dirigiendose a su padre y al ver que este negaba con la cabeza- te alcanzare ahí.-dijo volviendo sus ojos al joven.

-bien te espero entonces-dijo el con una sonrisa- señor Greene, ha sido un placer verlo. Ahora con su permiso tengo que arreglar unos asuntos pendientes.

-Ve con cuidado muchacho- dijo Frederick viendolo salir.

-Ese si que es un buen muchacho- dijo levantando una ceja y mirando a Elizabeth

-Si supongo que si- respondio bajando la mirada y jugando con sus manos.

-El te trajo aqui, estaba muy preocupado-dijo con tono de insinuación.
-Papá espero no te moleste... pero tengo un fuerte dolor de cabeza y me gustaria dormir un rato-dijo ella cambiando rápidamente de tema.

-Esta bien mi niña, descanza volvere en un rato- dijo Frederick plantando un suave beso sobre la frente de la muchacha y saliendo de la habitación.

Elizabeth habia dicho eso solo para salir de un tema incomodo, pero no pudo evitar cerrar sus ojos y rendirse al sueño que se apoderaba de ella.

Demian se encontraba junto a la joven ambos sentados en lo alto del castillo en uno de los balcones que mostraban una clara vista del cielo despejado que se presentaba junto con el viento frio de mediados de noviembre.

Los jovenes conversaban cuando Cally comenzó a marearse si no fuera por sus increibles reflejos hubiera caido al vacio antes de alcanzar la orilla del balcon con su mano.
Instintivamente llevo su mano libre a la cabeza donde habia estado su herida la ultima vez, pero que ella con su magia se habia encargado de desaparecer, al poner su mano frente a sus ojos noto la sangre que corria por su cabeza estudiandola con cuidado, miro lentamente al joven que la sostenia por la cintura preocupado.

-¿Qué diablos...?-pregunto el joven tomando la mano sangrienta de la muchacha- Cally ¿Qué sucede?

-No lo se- dijo confundida, sintiendo que lo unico que evitaba que cayera era la mano del joven que la sujetaba por la cintura.- me siento algo... mareada.
-Cally -la llamo el viendo como la muchacha caia inconsciente en sus brazos.-Cally.

La tomo en sus brazos con infinito cariño y la llevo dentro de la habitación acostandola sobre una cama que se encontraba junto a la pared, al lado se encontraba una mesa de color caoba y una lampara.

Al cabo de un rato la joven abrio los ojos y se toco de nuevo la frente notando que no habia ninguna herida ahi, se sento de un salto; pasando la mirada por la habitación se encontro con el joven que la miraba preocupado, sentado en una silla junto a su cama.

-Cally-dijo el joven al ver reaccionar a la muchacha.

-¿Qué fue lo que paso?-pregunto ella sintiendose muy confundida.

-No lo se-dijo el- de repente perdiste el conocimiento y tu frente sangraba, no entiendo que paso, busque tu herida, pero no hay nada ahi.

Ella se quedo pensativa mirando a la nada por un momento.

-Y ¿el hombre?-dijo como para si misma.

Al mirarlo noto que las palabras habian salido sin siquiera darse cuenta.

-¿De qué hombre hablas?-pregunto el fijando los ojos en los de ella.
-habia un hombre-dijo ella como recordando algo que en realidad no habia vivido- estaba justo en medio de la carretera...

-¿Qué hombre? Y ¿Qué carretera? Cally ¿Qué sucede?-dijo el tomandola suavemente por los hombros.

Ella solo sacudio su cabeza cada vez se sentia mas confundida, ¿de qué hombre estaba hablando? Ni ella misma lo sabía.

Se levanto de un salto y dio un paso hacia la puerta, cuando Demian la detuvo por el brazo.

-A ¿Dónde vas? ¿Qué no será mejor que descanses?-dijo el.

-No. No puedo descanzar ahora... tengo algo que hacer-dijo ella soltandose y saliendo por la puerta.

-Cally espera...-dijo Demian tras ella.

La joven se detuvo volteando su cuerpo para quedar frente al muchacho y colocando una de sus manos en el pecho del joven.

-No tu espera, cuando digo que tengo algo que hacer me refiero a mi...sola-dijo con voz suave.

-¿Cuándo va a ser el dia que vas a darte cuenta que puedes contar conmigo?-replico el muchacho claramente herido.

-No tengo tiempo para esto-dijo ella volteando y dirigiendose a las escaleras.
Camino hasta llegar a la sala del trono donde sabia que encontraria a Yiran, para preguntarle que es lo que estaba pasando con ella. Se quedo ahi sin poder dar un paso al frente; ¿Qué si no quería saber la respuesta? Penso. Tambien paso por su mente que no importara lo que hiciera Yiran nunca le diria la verdad de todo lo que pasaba con ella, ¿Qué tal si ni el mismo lo sabia? <<No>> dijo para si. <<No voy a preguntarle nada. Sera mejor que lo averigue por mi cuenta>> y con este pensamiento dio la vuelta y se adentro al pasillo que se alzaba frente a ella.

Era domingo por la mañana, cuando el doctor dio el alta a Elizabeth, dejandole nada mas que pastillas para el dolor de cabeza, se cambio de ropa y su padre la ayudo a subir al coche que el seguro le habia enviado al reportar el accidente, se pusieron en marcha hacia el instituto ya que por lo que Frederick sabia la muchacha se reuniria con Alex para trabajar en un informe de biología. Por su cabeza no se cruzo la idea de que su hija estaba en peligro de muerte, porque unos extraños la perseguian sin ella siquiera saber el motivo. Y tampoco se imagino que el muchacho en realidad no se encontraba en el colegio sino que estaba buscando la forma de averiguar quien era este nuevo atacante.

Su padre la acompaño hasta su habitación y coloco las maletas sobre la mesa de trabajo, Elizabeth se acerco a la ventana, cuando sintio que sus piernas no respondian y que su cabeza daba mil vueltas a la vez.

-Lizzie, ¿te encuentras bien?-dijo Frederick preocupado al ver que la muchacha se ponia palida.

-Estoy bien-dijo ella sosteniendose de la orilla de la ventana.

-No me siento comodo dejandote aqui sola, no en tu estado-dijo acercandose a ella-Sera mejor que le pida permiso al director para que te quedes en casa unos dias, hasta que te sientas mejor.

-¡No!-casi grito- estoy bien de verdad no... no te preocupes por mi.

Frederick iba a decir algo cuando se escucho un suave golpe a la puerta, abrió a medias y vio a una joven parada frente el.

-¿Si?- dijo el

-Hola ¿Señor Greene?... escuche que Liz estaba aqui y pense en visitarla para ver como estaba.-dijo ella curveando su boca en una sonrisa.

-Oh, si pasa- dijo haciendo un gesto para que entrara.

-Lizzie tienes visita- dijo dirigiendo una mirada a su hija.

-Sasha-dijo la joven con gran alegria.

-Oh por Dios ¿Cómo estás?-respondió Sasha dándole a la joven un fuerte abrazo.-escuche del accidente.

-¿Cómo te has enterado? apenas fue ayer-dijo Elizabeth separandose suvemente.

-ah... bueno... me encontre a Alex... hace un rato-mintió ella.
-bueno sera mejor que me vaya- dijo Frederick dandole un beso en la frente a su hija.

-Está bien-dijo ella sonriéndole- cuídate mucho ¿si?

-Claro que si y tu si necesitas cualquier cosa o si no te sientes bien, llamame.

-Si papá, no te preocupes. Vete con cuidado- agrego al ver que su padre salia de la habitación.

-Pobre se asusto mucho por lo del accidente-dijo la joven tomando asiento en la cama.

-Me imagino que si. Oye y ¿Qué fue lo que paso? ¿Cómo es que has chocado? -pregunto Sasha sentandose en una silla frente a ella.

-habia un animal en medio de la calle, y pues yo al tratar de evadirlo perdi el control del coche- dijo Elizabeth. Si tenia que seguir miniendo tenia que pensar seriamente en practicar aunque fuera frente al espejo, su mentira no era tan convincente como ella hubiera deseado. Y lo supo cuando Sasha le dedico una mirada que decia que dudaba mucho que esa fuera toda la historia.

-Y tú...- dijo tratando de cambiar el tema- ¿Qué haces aquí en domingo?

-ha... yo...es que yo...deje unas cosas importantes en mi habitación... y vine por ellas...ya me iba... cuando me encontre con Alex y me conto lo que sucedio, tambien me dijo que venias para aca y decidi esperarte para asegurarme de que estuvieras bien- dijo tartamudeando tratando de que su mentira sonara convincente.
-ah ya veo... muchas gracias por preocuparte por mi- dijo la joven dedicando una sonrisa calida a su amiga.

-bien y ¿Qué haremos? ya que estas aqui.

-no lo se... yo preferiria quedarme aqui y descanzar, aun no me siento muy bien-dijo ella cerrando los ojos al sentirse algo mareada.

-¿Qué te parece si miramos alguna pelicula?- pregunto Sasha.

-Suena bien... y ¿Qué tal palomitas?-agrego Elizabeth.

-Me parece perfecto, ire a mi habitacion a traer algunas cosas... tu quédate aquí ¿si?

-¿a dónde mas podría ir?-pregunto Elizabeth con curiosidad.

-Bueno te dejo un fin de semana y terminas en el hospital a causa de un accidente- bromeo la joven.

Elizabeth no hizo más que dejar salir una suave risa y acostarse sobre la cama. Sasha salio de la habitación cerrando la puerta tras ella.

# Capitulo Siete
## Celos

Las chicas disfrutaron de peliculas, y golosinas hasta que oscurecio, ya era hora cuando todos los estudiantes regresaban de sus casas o de lo que hubieran escogido para hacer el fin de semana.

-Me he divertido mucho-dijo sasha con una sonrisa.

-Tambien yo, gracias por pasar tu domingo conmigo-respondio Elizabeth devolviendo la sonrisa de su amiga.

-Fue un placer, deberiamos repetir esto y talvez hasta invitar a algunas personas.

-¿Cómo quien?-pregunto Elizabeth haciendo un gesto que significaba que ella no tenia una lista de amigos de la cual escoger.

-No lo se como nuestros compañeros de la clase de biología por ejemplo o algo asi-dijo ella con gesto inocente.

-ya veo a donde vas quieres que invite a...

-Oliver-dijo sasha al mismo tiempo que Elizabeth decia-Alex

Ambas se miraron con rostro de sorpresa.

-Porque invitaria a Oliver, tu me dijiste que me cuidara de el porque le gustaba jugar con las chicas-dijo ella mas como pregunta que como afirmación.

-Porque invitarias a Alex digo es mi amigo y lo aprecio pero es un aguafiestas, además recuerdo haberte dicho que el hecho de que Oliver no tuviera nada serio con nadie no significaba que no pudieras divertirte-dijo ella simplemente.

-Eres diabólica ¿sabias?-dijo Elizabeth con una sonrisa.

-Si ya lo habia escuchado antes-dijo sasha.- anda vamos, las chicas ya deben estar llegando y podemos ir a recibirlas y planear todo.

-Está bien-dijo la joven sin tener mucha alternativa, ya que su amiga ya la llevaba por el brazo hacia la salida.

Al encontrarse al frente del colegio, se hallaron con una larga limosina negra, de la cual el chofer se encargo de abrir la puerta del pasajero en la parte de tras, se bajo una joven alta, de pierna largas y tez aceitunada, vestia con una mini falda color blanco, una blusa roja, y zapatos altos que hacian juego, sus cabellos caian hasta la mitad de su espalda en bien formados rizos y sus ojos relucian de un color miel.

Tras ella bajo del auto una muchacha mas o menos de la misma edad de Elizabeth llevaba un vestido que parecia ser por lo menos dos tallas mas grandes de lo que deberia, era negro con cuello blanco y su cabello era corto y rubio hasta los hombros, ademas llevaba calcetas que cubrian sus piernas hasta la rodilla; aunque el vestido cubria el resto se veia delgada y en su cabello una diadema de color negro zapatos escolares y unas gafas que parecian ser muy grandes para su rostro sus ojos eran café oscuro y parecia siempre caminar dos pasos atras de su acompañante.

El chofer se dirigio a la parte de atras del auto y descargo lo que parecia ser un sin fin de maletas y bolsas de compras con nombres como Gucci, Dior, Oscar de la renta entre otros. La joven sin preocuparse por cargar algo que no fuera su bolso se acerco a a las jovenes que la miraban con asombro desde la puerta.

-Vaya vaya, pero que tenemos aqui. Si es la gorda sin clase-dijo con una sonrisa- ¿y qué? Esta es tu nueva mascota, no crei que dejaran entrar a cualquiera a este colegio-dijo señalando a Elizabeth.

-Oh no. Se nos acabaron las vacaciones, ahora tendre que ver tu horrible cara todos los dias- mintio Sasha ya que la joven parecia una muñeca Barbie de estilo californiano.-Y para tu mayor información su nombre es Elizabeth y es una nueva estudiante aqui-dijo levantando una ceja.

-mmm... Habra que quejarse, yo no puedo mezclarme con la chusma; pero eso sera despues, por ahora necesito descanzar Paris es agotador-dijo ella dandoles una ultima mirada y siguiendo su camino, tras ella la joven que la seguia les dedico una amigable sonrisa y a Elizabeh una mirada llena de curiosidad. Elizabeth no entendia porque desde que comenzo sus clases en ese instituto habia recibido tantas miradas parecidas a esa.

-¿Qué fue eso?-pregunto Elizabeth sin comprender una sola cosa de lo que habia sucedido.
-Eso fue la odiosa de Jaqueline siendo ella misma-dijo Sasha con un suspiro exasperado- Es como la abeja reina, es la capitana del grupo de baile y ellas son como las porristas de nuestro instituto.

-Eso explica su simpatico character... yeah-dijo Elizabeth levantando un brazo en sentido de burla
Ambas muchachas rieron por un rato hasta que vieron llegar a sus compañeras y se dirigieron a ellas para contarles acerca de sus planes.

Cally abrio la ventana y trato de pasar con cuidado, ya adentro tendria que buscar algo que pudiera decirle sobre el pasado de la joven que lucia como ella, abrió el armario siempre cuidando de no hacer el mas minimo ruido algo que para ella era sencillo y saco una caja, al abrirla descubrio que contenia fotografía de la joven cuando era solo una bebe y otras de los años siguientes, lo que mas llamaba la atencion de la muchacha era que en cada fotografia estaba el medallón de media luna colgando en su cuello y habia algo mas. Encontro una fotografía en la que se encontraba Elizabeth muy pequeña y junto a ella, un hombre como de unos treinta y cinco años, de cabello oscuro y ojos entre grises y

azulados de tez blanca y vestia con un traje parecia muy ejecutivo.
Habia algo en aquel hombre que le llamaba la atención, cuando noto una de las manos que sostenia los hombros de la joven, llevaba un anillo grande con un escudo en el centro. Lo habia viso antes, pero ¿en dónde?... y entonces lo recordó. Era el escudo de la familia real de Shalon, pero esos anillos solo los portaban los encargados de la seguridad de la familia, pero eso era imposible eso significaría que aquel hombre era un... <<No>>penso eso no era ni lo mas remotamente posible, tenia que haber sido una equivocacion, al igual que el que aquella extraña joven portara el medallón.
Siguio pasando las fotografías pero todo era muy extraño, nada mostraba que la joven fuera mas que una simple humana, habia fotografías de sus antiguos cumpleaños, noto que en todas ellas no habia mas que aquel hombre que decia ser su padre y el extraño hombre que portaba el anillo, pero nada mas. No amigos o más familia.
Noto que en una de ellas, casi no lo pudo ver habia un pequeño niño sentado en el fondo, mostraba el rostro serio y no parecia estar disfrutando de la fiesta. Lo reconocio casi en seguida era el guardian que estaba con la muchacha la otra noche.
Cally entrecerro los ojos, habia algo en aquel muchacho que la molestaba profundamente. Iba a ver la siguiente cuando escucho pasos que se diriguian a ella, alguien dio vuelta a la perilla de la puerta, Cally dejo la caja sobre la cama.

Cuando se abrio la puerta, la joven dio dos pasos hacia atras escondiendose en la oscuridad de la habitacion,

cuando Frederick entro se dirigió hacia las fotografías que estaban sobre la cama tomo una entre sus manos y se la quedo mirando por un rato, era una que mostraba a Elizabeth tenia no mas de siete años.
Se quedo ahí con una mirada que mostraba profundo cariño, paso la mano sobre la fotografía; sin darse cuenta de los ojos que lo observaban desde la oscuridad con infinita curiosidad.
La dejo sobre la cama y salio lentamente de la habitación. Cally se dirio para ver la fotografía que habia llamado la atención de de Frederick, pero no vio nada raro nada mas que una pequeña con cabello rubio rizado, vestia con un vestido color rosa pastel y en su cuello brillaba un exraño medallon en forma de media luna.
No habia encontrado nada que le diera una idea de la identidad de la joven, habia frustración en su mirada cuando de repente recordo que era obvio que ella no conociera a nadie de las fotografías, ella nunca habia estado cerca de otro guardian que no fuera Demian, pero este talvez reconocería a alguien si viera aquellas imagenes, llevo un par de fotografías consigo y salió de la habitación por la ventana.

Al dia siguiente Elizabeth se levanto temprano pensando que tendria tiempo para escribirle un correo a su padre, abrió su laptop y tomo asiento en su cama junto a la ventana. Escribio:

Hola papa:
Solo queria dejarte saber que me encuentro bien, asi que por favor no te preocupes.

Si te conozco bien se que no has parado de pensar en todas las cosas que podrian haber salido mal desde que te fuiste del insituto ayer.
Pero todo marcha sobre ruedas.
Tengo que irme debo prepararme para ir a clase.
Te amo y te exraño mucho.

Lizzie.

Cuando abrio sus correos, vio que habia uno de una direccion que ella no conocia.

Hola ojos bonitos:
Escuche de tu accidente, espero de verdad que te encuentres bien para poder verte en clase, no se porque no he podido dejar de pensar en ti y me muero por conocerte mas a fondo ☺
Ya que el otro dia tuvimos una pequeña interrupción, ¿Por qué no almorzar juntos hoy? Te veo en la cafeteria.
No puedo esperar.

Oliver Anghel.

Elizabeth se quedo ahi sin poderse mover, ¿de dónde había sacado el su correo electrónico?, además ¿Quién se creía para invitarla a almorzar? El era galante y tenía lindos ojos, pero eso no significaba que ella iba a aceptar su invitación.

Se quedo un rato pensando, hasta que sono su despertador, lo alcanzo para hacerlo callar y se dirigió al cuarto de baño para darse una ducha, luego seco su cabello rapidamente y camino hasta su armario, ahi escogió unos pantalones blancos y una blusa amarilla que hacia juego con sus ojos y su cabello, y unas zapatillas del mismo color que su blusa, en su pecho brillaba el medallon con una media luna color dorada.

Se dirgio a la cafeteria donde se encontro con Sasha quien llebava un short color negro y una camisa blanca, ademas un collar de piedras negras que hacia juego con sus argollas y unas zapatillas estilo bailarina.
Desayunaron y luego dirigieron cada una a su respectiva clase.
Elizabeth camino hasta llegar al salon de lengua, cuando se encontro con la muchacha que habia visto el dia anterior acompañando a la que Sasha habia llamado Jaqueline, al verla llegar le dirigio una pequeña sonrisa, esta le respondió curvenando su boca en una sonrisa mucho mas timida, llevaba un vestido parecido al del dia anterior, pero este era azul, Elizabeth pensó que si la muchacha cambiara su forma de vestir, y cambiara sus gafas por unas mas pequeños seria tan bonita como Jaqueline, incluso le parecio que hasta mas.
Se sento en su asiento correspondiente cuando vio a alguien tomar el asiento a su lado y fue cuando vio que su acompañante era Oliver, quien la miraba con sumo interés en sus ojos y le dedicaba una sonrisa. Elizabeth no entendio porque sintió que le temblaban sus piernas, y además de repente le faltaba el aire, sintió un frio recorrer su cuerpo pero no comprendio otra vez si este era un sentimiento bueno o malo.

-Hola-dijo el muchacho sin borrar la sonrisa.

-Hola- dijo ella solamente.

-He estado pensando todo el dia en nuestro almuerzo ¿sabes?-pregunto él.

-Si... acerca de eso... no estoy segura si pueda acompañarte hoy-dijo ella mirando al suelo.

-¿Por qué no?-pregunto él en su oído- ¿Tienes miedo?

-No... ¿Por qué habría de tenerlo?-dio ella con un gesto como diciendo que eso era ridiculo, aunque en el fondo de su corazón sabia que habia un sentimiento que se le parecia mucho, pero por supuesto no iba a decirselo.

-¿entonces?-pregunto el acercándose a ella.

-Es que ya habia quedado con Sasha- mintio.

-¿mañana entonces?-contraataco el.
Elizabeh sin saber que decir asintio una vez con la cabeza.

-Mañana sera-dijo el joven.

Se puso de pie y se dirigió hacia la parte de atrás del salón donde se encontraba su asiento. La maestra entro en el salón y comenzó su clase.

Al terminar, cuando iba cruzando la puerta para dirigirse a su siguiente clase sintio como alguien tomaba su mano y deslizaba un trozo de papel, al ver quien habia sido vio a Oliver caminar por el pasillo dirigiendole nada mas una mirada acompañada por un guiño.

Al abrir el papel noto unas letras que le parecieron eran muy elegantes para tratarse de un chico:

**Me emociona mucho nuestra cita mañana,**
**No te arrepentiras te lo prometo.**

**PD: tus ojos me quitan el aliento.**

**Oliver.**

Con todo esto Elizabeth no pudo evitar pensar en Alex y en el momento que habian compartido la otra noche, recordó su respiración agitada y su aroma, cuando habia estado tan cerca de ella. Pensaba en Alex porque queria olvidarse de la idea de que Oliver tambien le interesaba por mucho que trataba de esconderlo, habia algo en el muchacho que la hacia sentir atraída a el y no era solo el increible cuerpo y lo bien parecido que era sino algo mas; algo en su interior. Elizabeth sabia de su fama, de los rumores que cruzaban por ahí diciendo que el nunca habia tomado a ninguna chica seriamente, y de que todas no eran mas que conquistas.
Sacudio la cabeza tratando de sacar esos pensamientos cuando tuvo la sensación de que alguien la observaba, dio vuelta a su cabeza buscando, cuando encontró unos ojos oscuros que la miraban con infinita curiosidad, la chica camino hacia ella y al pasar simplemente le dijo:

-Oye si yo fuera tu mantendria mis ojos abiertos.-dijo la joven, pero no habia amenaza en sus palabras sino le sono mas como un consejo.

-¿De qué? O ¿por qué?-pregunto Elizabeth, pero sus palabras se quedaron en el aire porque la muchacha ya habia desaparecido en el pasillo.

A la joven le parecio infinitamente extraño el comportamiento de su compañera, no la conocia apenas la habia visto una vez y fue el dia anterior que habia llegado junto con Jaqueline, además por que todo el mundo le advertia que tuviera cuidado no solamente con Oliver sino tambien en todo lo que hacia, por ejemplo Alex, siempre estaba a la defensiva y siempre parecia listo para cualquier ataque sorpresa, todo en esta escuela era diferente además tenia tantas preguntas que nadie parecia querer responderle y la asustaba infinitamente.

Miro el reloj de su celular y vio que ya casi era hora para su siguiente clase, asi que se recupero y se puso en marcha.

Cuando llego la hora de biología Elizabeth se sentia muy nerviosa, era la primera vez que veria a Alex desde que lo vio en el hospital lo cual no contaba mucho si tomaba en cuenta que habia estado bajo la influencia de los calmantes para el dolor que le habian dado. Aun no habian hablado de lo que paso la noche de la fiesta, ni de cuando la llevo a aquella colina y estuvo a punto de besarla.

Entrando al laboratorio de biología noto que Alex aun no habia llegado, asi que se adentro en el salón y tomo su asiento. Puso sus libros sobre la mesa y recosto su cabeza sobre sus brazos.

-¿Te sientes bien?-pregunto una voz que ella reconocio de inmedato.

-Ha... si estoy bien-dijo ella levantando su mirada y encontrando al joven de ojos grises en el que tanto pensaba.

-Te ves mejor que el otro día ¿Cómo está tu cabeza?-pregunto.

-mucho mejor, gracias-dijo ella con una pequeña sonrisa.

El joven tomo asiento junto a la muchacha y puso tambien sus libros sobre la mesa frente a el.

-y tu ¿Cómo estás?-pregunto ella tímidamente.

Le parecio ver que a el le sorprendia su pregunta.

-Bien- respondio el muy secamente ni siquiera se molesto en mirarla.

Liz sintio que su corazón se estrujaba al ver la indiferencia del joven, pero trato de disimularlo mirando por la ventana.

-Estas molesta- dijo el mas como afirmación que como pregunta.

-No- mintio ella sin apartar la mirada del paisaje- ¿Por qué piensas eso?

De repente dio un salto al sentir que el tomaba su mano y le daba un suave apretón.

-Por que no sonries- dijo el suavemente, casi a su oído.

-No estoy molesta-dijo ella solamente deslizando su mano fuera de la del muchacho.

El solo asintio una vez con una pequeña sonrisa y se concentro en el frente del salón.

-Hola Alex – escucho decir a Jacqueline, quien apartaba los libros con una mano mientras tomaba asiento en la mesa frente al muchacho.

-Hola Jacqueline- dijo el sin prestarle mucha atención.

-Te ves muy bien. ¿Sabes? Te extrañe mucho-dijo la joven con actitud coqueta pasando una mano sobre el pecho de Alex.

Elizabeth los vio levantando una ceja con cara de sorpresa, pero por dentro sentia que algo comenzaba a arder y tuvo la ilusión de que tomaba a Jacqueline por el cabello y la bajaba de la mesa hasta mandarla a muchos kilometros lejos del muchacho.
Pero en lugar de mostrarse molesta volteo su rostro al frente del salón siempre pasando una mirada disimulada a la escena junto a ella y escuchando con mucha atención.
-Ya veo-dijo el joven, apartando la mano de la muchacha suavemente.

En lo que el maestro se puso de pie y llamo la atención a la clase.

-Te veo luego- le dijo ella con una sonrisa, bajandose de la mesa para sentarse en su lugar en la parte de atras del salón.

Elizabeth volteo su rostro para verlo, pero lo aparto de inmediato al ver que el tenia su mirada puesta en ella.

-¿Qué pasa?-le pregunto el joven.

-¿Te veo luego?-pregunto Elizabeth sonando mas molesta de lo que hubiera deseado.

-¿Celosa?-pregunto Alex con algo de guasa.

-¿Celosa yo?-pregunto ella con una sonrisa pero no habia broma en su voz- ¿por ti?

Alex volteo su rostro hacia el maestro que comenzaba la clase, pero Elizabeth pudo ver una sonrisa en su rostro una que nunca habia visto, en realidad habia gracia en ella, parecia relajado y de verdad divertido.
Ella volteo para poner atencion en la clase tratando de ignorar al joven, que le dedicaba miradas llenas de inocente burla, como si el en realidad pensara que ella estaba celosa, pues si asi era no estaba muy equivocado, pero Elizabeth por supuesto no iba a dejárselo saber
<< ¿Quién se cree que es?>> penso. Tomando su libro, y esondiendo su rostro tras el.

Termino la hora de clase, cuando Elizabeth se puso de pie no queriendo darle la cara al joven que le dedicaba una pequeña sonrisa burlona cada vez que encontraba sus ojos.
Se dirigió hacia la puerta cuando alguien tomo de su brazo.

-¿A dónde vas?-pregunto Alex.

-Tengo química ¿por qué?-pregunto ella soltándose bruscamente.

El joven se puso serio de repente.

-Solamente preguntaba, es que me parece que tenemos que hablar- dijo el acercandose mucho a ella.

Ella iba a responder cuando sintio al muchacho ponerse rigido sus ojos que se dirigían al frente mostraban una mirada severa y un brazo del joven la rodeo por la cintura en actitud protectora.
Ella sintió como la sangre subia por su rostro tornandolo rojo de la vergüenza entre otras cosas.
Volteo su rostro siguiendo la miranda del muchacho cuando comprendio porque su actitud; tras ellos se encontraba Oliver mirando con atención antes de salir al pasillo, al perderlo de vista el joven se relajo un poco soltando su cintura.

-¿Celoso?-dijo ella cruzando los brazos sobre su pecho e imitando la voz que el habia utilizado antes al hacerle la misma pregunta.

El la miro con rostro serio.
-No... simplemente no me parece bien que tengas amistad con el- dijo no sonando nada celoso sino mas bien muy molesto y algo grosero.

Al notar su tono de voz Elizabeth sientio la sangre subir a su cabeza de nuevo esta vez era enojo lo que sentía <<de verdad ¿Quién se cree que es para ahora querer escoger mis amistades cuando el parece tener una amistad muy cercana con Jacqueline?>>penso. Y como que la llamara con el pensamiento Jacqueline aparecio por la puerta, pasando al lado del joven y dedicandole un hasta luego acompañado de un guiño.
Esto hizo enojar a Elizabeth aun más.

-Y ¿Por qué crees que tienes derecho para decirme con quien puedo o no tener una amistad?-dijo ella mirandolo fijamente.

El parecio vacilar un momento, pero fue muy breve.

-Ni siquiera lo conoces-dijo el elevando un poco la voz.

-Tampoco te conozco a ti y sin embargo aquí estoy hablando contigo -dijo ella pensando con eso ganar la discusión.

-El y yo somos muy diferentes-dijo el por lo bajo.

-Yo no juzgo a las personas sin conocerlas- dijo ella

-bien. Pero espero no tener que decir “Te lo dije” luego- dijo el dando vuelta y dejandola ahi, mientras se alejaba rapidamente por el pasillo.

Sasha decide a acercarse, luego de ver marchar al joven tan repentinamente.

-Wow... ¿Qué rayos paso? Parecía muy molesto- dijo Sasha apuntando por donde se habia alejado el muchacho hace un minuto.

-Dime una sola vez que no haya estado molesto- <<O paranoico>> pensó sin decir nada.

-Tu dime algo...-dijo su compañera con curiosidad.- A ti de verdad te interesa Alex ¿o no?

-No- dijo Elizabeth casi de inmediato, dirigiendo su mirada al suelo, para que su amiga no adivinara su mentira, pero por lo visto era muy tarde ya que ella se encontraba mirandola con diversion en la mirada y alzando una ceja.- bueno... si algo... el dia de tu fiesta casi nos...-dijo con la voz temblando y su rostro pasando a un rojo intenso.

-¡¿Qué?!- exclamo Sasha elevando la voz, varias miradas apuntaron hacia su dirección.- ¿Cómo no me dijiste antes? Que mala amiga eres de veras... -dijo volviendo a los susurros- es broma... Pero yo comenzaba a pensar que no le interesaban las chicas.

-¿Cómo?- exclamo liz con tono de sorpresa.

-No...- dijo la joven al ver la cara de sorpresa de su amiga- me refiero a que nunca lo vi realmente interesado por nadie, siempre eran solo chicas con las que pasaba el momento, nunca nada serio.

-Y ¿Por qué piensas que conmigo es diferente?- dijo con decepcion en su voz.
-¿Por qué la pelea?-pregunto Sasha en tono casual.

-Por Oliver... en realidad fue muy raro, comenzó a decirme que deberia alejarme de el, que no era bueno acercarme y...-no pudo terminar.

-Corazón, a eso se le llama celos... esa es exactamente la razón por la que pienso que esta realmente interesado- explico- Alex nunca habia mostrado celos por nadie... jamas- agrego- digo claramente estaba celoso- dijo haciendo énfasis en la palabra “celoso”

-No lo se, a mi me parecio algo mas- respondio sacudiendo su cabeza.

-bueno ya veremos... Oye y acerca de Oliver, yo creo que Alex tiene razón... el no es buena compañia- dijo poniendose muy seria de repente.

-¿Qué?... pero si tu dijiste...

-Ya se lo que dije- la corto Sasha- pero escucha lo que digo ahora Alex tiene razón.

-Pues muy tarde... porque le he prometido acompañarlo en el almuerzo mañana- dijo Elizabeth negando rotundamente la idea de que alguien mas escogiera sus amistades.

-¡NO!- grito Sasha. Varias cabezas voltearon para mirarla por segunda vez.

-¿Qué?- dijo ella hacia las miradas curiosas.- ¿no tienen cosas que hacer?... como estudiar o algo.
-¿Cómo que almorzar? ¿Qué? ¿En que estabas pensando?-dijo esta vez en susurros.

-Comienzas a sonar como mi padre... además ya me he comprometido- dijo.

-Pues miente- le dijo Sasha como si fuera ovbio- di que ya tenias planes conmigo.

-Eso le he dicho hoy.

-Pues di que ya tenias planes con Alex- dijo alzando los hombros.

-No-dijo ella sacudiendo su cabeza- ni hablar... no voy a dejar de hacer amigos solo porque a el no le parece- dijo con decisión en la voz.

-Eres muy terca ¿ya te lo habían dicho?- dijo sasha con una sonrisa nerviosa.

-Ya se me hace tarde, chicos y química no combinan, te veo luego.

Y con eso se alejo por el pasillo casi corriendo a su siguiente clase.

Dejando a su compañera quien puso ambas manos sobre su rostro en señal de frustracion al no haber sido capaz de cambiar la forma de pensar de su amiga.

-Esto va a ser mas dificil de lo que pensaba- dijo antes de comenzar a caminar por el lado contrario del pasillo.

# Capitulo Ocho
## Sospechas

Demian se desperto de un salto al escuchar que alguien tocaba a su puerta. Abrio y el corazón le dio un vuelco al notar que se trataba de Cally. El vestia un pantalón deportivo y su pecho descubierto. Al verlo las mejillas de la joven cambiaron a un color rojo, pero trato de esconderlo. Vaya que nunca habia visto un cuerpo tan perfecto. Entro lentamente sin mirarlo ni decir una palabra.

-¿Qué pasa?-pregunto entre alarmado y curioso-¿Qué haces aquí tan tarde?- pues en Paris eran mas o menos las 3:00 de la madrugada.

-He ido a su casa- comenzó a decir sabiendo que la noticia a Demian no le haria ninguna gracia.- a la casa de la chica creo que su nombre es Elizabeth.

-¿Qué hiciste qué?- dijo sorprendido pero de inmediato mostrando en sus ojos una mirada de infinito enojo- Cally ¿Cómo fuiste capaz?

Arrepintiendose de inmediato de la pregunta ya que el sabia que la muchacha era capaz de eso y mucho mas.

-No perdona- se corrigió- ¿Cuando vas a dejar de ponerte en peligro? Dime ¿Qué hubiera pasado si el guardian hubiera estado ahí? ¿eh?- la reprendió mas como un padre reprendiendo a su hija por alguna travesura.

-La primera vez me tomaron por sorpresa. Si me lo hubiera encontrado de nuevo ya estaria muerto- afirmo ella- ademas no me hables como si fuera una niña- dijo ella muy molesta.

-A veces te comportas como una- dijo Demian arrepintiendose en el momento de sus palabras, y aun mas al ver la mirada herida de la joven.- lo siento... pero es que tu no me das muchas opciones- dijo suavizando su tono.

Sabia que no habia forma de ganar la discucion, no mientras se tratara de Cally.
El podia ser su guardian pero al final ella era una princesa y siempre hacia lo que ella queria. Tenia que aprender a confiar que le habia enseñado bien a defenderse.

-Ya basta, no habia nadie en la casa- dijo ella suavemente para calmarlo, casi conmovida por la preocupacion del joven.- al menos nadie que representara peligro- agrego recordando a Frederick.

-Y ¿Qué paso?-pregunto Demian con un suspiro.

-encontre estas- dijo sacando algo del bolsillo de su chaqueta. Eran tres fotografías, en la primera se veia

Elizabeth de pequeña con su padre, en la segunda se encontraba la misma niña sentada en una banca y tras ella Jonathan Leroy posaba las manos en sus hombros con cariño. Y en la tercera Elizabeth se encontraba de pie junto a un arbol, esta fotografia parecia muy reciente. Demian se quedo frio al ver esta tercera fotografía y el rostro de la muchacha rubia que se encontraba en ella.

-Vaya… no exagerabas cuando dijiste que se parecia mucho a ti… si no te conociera diria que son la misma persona-logro decir- y ahi esta la media luna, es realmente hermosa.- dijo sin poder apartar la mirada de la fotografía.
Pero al sentir los ojos de Cally que lo veian con gran indignación, se apresuro a corregir.

-El medallón… me refiero al medallón, se parece mucho al tuyo- dijo incomodo.

-Mira esta- dijo indicandole la segunda fotografía- fijate en la mano de ese hombre ¿reconoces ese anillo?

Era una pregunta retorica, por supuesto que el reconocía el anillo, porque el tenia otro igual.

Demian adivinando sus pensamientos paso sus ojos de la fotografía, al anillo en su mano y luego a la muchacha.

-Es el escudo de la familia Delorme, cada guardian asignado a la familia real tiene uno. El…- se corto al ver el rostro del hombre en quella fotografía, lo reconocia, por supuesto que le conocia.- El fue mi maestro, su nombre era Jonathan, era un guardian real asignado directamente a la reina y ademas uno de los mejores maestros de combate en todo Shalon. El me enseño todo lo que se, junto con mi padre... pero ¿Qué hace el con esa chica?- dijo como para si mismo, tratando de procesar toda esta información.

-¿Qué hace un guardián asignado a la reina misma con ella?-pregunto Cally en el mismo tono que su compañero, ambos pensaban lo mismo pero ninguno se atrevia a decirlo.

Alguien toco a la puerta y Demian se apresuro a abrir.
Se encontro con uno de los guardas del castillo quien parecia muy incomodo al interrumpir lo que fuera que fuera que estuviera sucediendo dentro de la habitación.

-El Señor Yiran me manda por la princesa- dijo el guarda con voz nerviosa.

-¿Qué pasa?- pregunto Cally asomandose por la puerta.

-Su Alteza- dijo el guarda inclinandose ante ella- El Gran Yiran quiere verla.

-Ire en un momento-dijo la muchacha, haciendo una señal indicando que podia retirarse. Este asi lo hizo.

-Deja las fotografías conmigo y no le digas ni una palabra de esto a Yiran-le dijo el muchacho mas como petición que como orden, el sabia lo mucho que la joven odiaba que le dijeran que hacer.

-¿Crees que soy estupida? ya lo se-dijo ella.- Y tu no hagas nada sin mi autorización- le advirtio antes de salir para encontrarse con su Señor.

-Lo siento Cally... pero si esa muchacha es parte de la familia Delorme significa que Yiran nos a engañado todo este tiempo... por tu bien tengo que llegar al fondo de esto- dijo pero la muchacha ya estaba muy lejos para escuchar sus palabras.
Dio media vuelta para cambiarse y poner manos a la obra.

Cally se encontraba de pie frente a la silueta del hombre que se alzaba frente a ella, coloco una rodilla en el suelo y tambien inclino su rostro en señal de reverencia. Los ojos color sangre de Yiran se posaron en la muchacha, aunque ella nunca lo admitiera o lo demostrara aquellos ojos la aterrorizaban y la hacian temblar.

-Cally- comenzo Yiran con voz peligrosa- Hace mucho rato te mande a llamar, nadie te ha podido encontrar... ¿Dónde estabas?

-Ocupandome de unos asuntos-dijo sin vacilar.

-¿Qué ya no me tienes confianza?-dijo el con una sonrisa, pero no habia alegria o gracia en su voz.- ¿Por qué no me cuentas, de que asunto se trata?

-No son de importancia, mi señor-dijo inclinando la cabeza.
-Tu no te involucras en ningun asunto si no es importante-afirmo el.

Cally sintio la presión que ejercian sus palabras.
Le parecia que a Yiran estaba muy interesado, quiza demasiado como para no saber nada; tenia que estar enterado. Pero si asi era solo habia una explicación y era que habia enviado a alguien a espiarla, y eso solo significaba que ya no confiaba en ella como solia.

-¿Por qué no me lo dices tu?- pregunto con voz sujestiva fijando los ojos en su Señor.

-Se que regresaste al lugar donde vive esa muchacha, lo que no se es ¿con que motivo?-dijo el con advertencia en la voz.

Ella tenia que pensar en algo pronto, si Yiran se enteraba que habia ido ahi a buscar información eso significaria que ella ponia en duda sus palabras al decirle que no era nada de que preocuparse, lo cual no podia terminar bien.
Cally no necesitaba eso, no ahora que estaba tan cerca de encontrar una respuesta.

-Parece que eres tu el que no confia en mi- dijo ella- ¿ahora mandas a los tuyos a vigilarme?

-Debo proteger mis intereses- dijo el con voz suave- pero tu aun no respondes a mi pregunta.

-Volvi para traer el medallón-mintio sin apartar la mirada- Pero no se encontraba ahi. Lo mas seguro es que el guardian que estaba con ella se la llevara a otra parte.

-Ese mocoso se esta volviendo un problema- dijo Yiran molesto.

Cally solto un suspiro por lo bajo aliviada que su Señor aun creyera en su palabra. Pero de repente penso que ella no recordaba haberle dicho cuan joven era el muchacho. ¿Cómo podía saberlo?

-Parece que para obtener el medallón tendras que acabar con el primero- continuo.- Cally quiero a ese insecto muerto- dijo con severidad.

-Si mi Señor- dijo ella inclinando la cabeza una vez más y ponendose de pie para dirigirse a la salida.
-Cally- la llamo Yiran.

Ella no volteo simplemente se detuvo.

-Sabes muy bien que no me gusta que traten de engañarme- dijo el con una amenaza escondida- Sabes bien lo que pasa con los que me traicionan.
La joven trago saliva nerviosa pero sin demostrarlo. Un frio recorrio todo su cuerpo impidiendole moverse.

-No hay nada contra ti- dijo el con una siniestra sonrisa- aun.

Cally sintio como recuperaba el control de su cuerpo, pero aun se encontraba muy asustada para poder hablar, asi que solo volteo y se inclino ante su señor, luego salio de la sala cerrando la puerta tras ella. Sintio su agitada respiración calmarse un poco, paso una mano por su frente notandola humeda de sudor, se limpio con la manga de su chaqueta y se adentro al oscuro pasillo que se alzaba ante ella.

Momentos despues se encontró rodeada de magos que habian llegado a buscar por supuesto la preciada llave, o lo que tenia de ella, trato de buscar una salida, pero habian demasiados, asi que con frialdad y sin pensarlo dos veces tomo su espada y la atravezaba con gracia en cualquiera de aquellos magos que se cruzaba en su camino, habiendo acabado con la mitad de sus atacantes se interno en el bosque.

Los magos la seguian y la atacaban con flechas, hechizos, dagas y espadas. Quiza habrian vencido de no haber sido por el miedo que les provocaba aquella joven aun siendo ellos los que la perseguian, les hacia sentir infinitamente intimidados. Eran muchos de ellos y solo ella habia acabado con la mayoría.

Cada vez veía mas y mas magos, pero eso no la detendría. Estaba cansada, no habia dormido la noche anterior porque se habia dedicado a buscar las respuestas que tanto necesitaba sobre el pasado de Elizabeth, pero aun no habia averiguado mucho, de su espada caian chorros de sangre de los que habian sido lo suficientemente valientes para enfrentarse a ella. Sus salidas se cerraban mientras los refuerzos de los magos llegaban.
Ya se habia enfrentado a estas situaciones antes, pero nunca les habia visto tan desesperados y dispuestos a matarla.

<<Demian... ¿Dónde estás?>> pensó <<Te necesito... ¿Dónde estás?>>

Demian siempre habia estado ahi en momentos como este. Le parecia tan extraño que el no hubiera aparecido ya para auxiliarla, siempre lo hacia aunque ella no le necesitara.
Cally no podia permitir que sus pensamientos la distrajeran. No ahora.

Corrio hasta ver un árbol alto y de tronco grueso. Salto alcanzando una de las ramas y trepo lo más rápido que pudo hasta llegar a la punta. Cuando penso que estaria a salvo uno de sus atacantes also sus manos y recito un hechizo, lanzando un haz de luz contra el arbol cortando el tronco en dos. Este comenzo a caer rapidamente. Cally corrio a toda velocidad sobre el tronco mientras este caia y cuando estaba a punto de tocar el suelo; dio un salto y aterrizo en el suelo sin hacerse ni un solo rasguño.
Todavia la seguian, asi que se recupero rapidamente y siguio corriendo, adentrandose cada vez mas al bosque; pensando que al llegar a lo mas profundo y gracias a la espesura de la naturaleza ellos debian separse y asi seria mas fácil acabar con ellos.

Al llegar y escondida por la maleza trepo a otro árbol y se quedo en la rama observando. Uno de los magos apareció en el lugar buscandole, como un felino bajó rápidamente apareciendo justo detrás del hombre, tomo su cabeza y rapidamente la torcio, quebrando su cuello y dejandolo sin vida. El mago no tuvo tiempo ni siquiera de ver de donde habia salido la joven, si no hacia ningun ruido, penso Cally no llamaria la atencion de ninguno. Eran demasiado descuidados y atacaban desesperadamente sin pensar en lo que hacian esto le daba gran ventaja, ya que ella calculaba cada movimiento y cada resultado era favorable y preciso. Atacando por sorpresa acabo con sus atacantes, se movia como una sombra por el bosque.

Hasta que vio a un hombre que la miraba con atención desde la rama de un árbol. Este no era como los otros magos, este era un joven, vestido de negro, usaba una mascara tambien negra que no dejaba ver su rostro. Y sus ojos, logro ver unos ojos en los que destellaba un color diferente al de cualquier ser humano, o mago que hubiera visto eran de un intenso violeta.

El joven salto de la rama percatandose de haber sido descubierto, aterrizo de pie frente a ella y con un movimiento que la muchacha casi no pudo ver lanzo un golpe que impacto el lado izquierdo del rostro de la muchacha, y con una patada la hizo volar hasta golpear un árbol tras de ella. Con esfuerzo se puso de pie justo a tiempo para esquivar otro golpe, y otro. Hasta que logro impactarla de nuevo. ¿Quién era este joven que se movia con tanta velocidad? Por más que lo intentara no podia esquivar sus golpes y eso ya era bastante decir comparando la velocidad de la muchacha.

Golpeo de nuevo pero esta vez ella estaba preparada, asi que lanzo un golpe justo al estomago del joven, saco su espada para dar el golpe final, pero el fue mas rápido con un movimiento de caderas lanzo una patada

haciendo volar el arma de la muchacha que cayo a varios centimetros lejos de ella.
El se paro frente a ella y la miro fijamente a los ojos, algo en su interior le dijo que era muy probable que no saliera de esta con vida; sentia frio y al clavar sus ojos en los del joven sintio como su cuerpo se paralizaba, no podia moverse no importa cuanto lo intentara el la tenia atrapada, el joven dio un paso hacia ella, quien supo de inmediato que efectivamente moriria.

Sintio miedo, nunca penso que moriria de esa manera, su cuerpo temblaba cada vez mas a medida que el muchacho se acercaba, cuando de repente un calor comenzó a apoderarse de ella, vio su medallón brillar con una luz cegadora, el calor era cada vez mas intenso y sintio como su cuerpo exigia que lo dejara salir.

Una pequeña media luna invertida se dibujo en la frente de la joven, cegando a su oponente quien cubrio sus ojos con su brazo; el viento comenzó a soplar violentamente y vio el como se formaban ondas de luz alrededor de la muchacha, una rafaga de viento, casi como un golpe hizo volar al muchacho golpeando su cabeza sobre el árbol tras de el.
Recuperandose un poco logro ver a la muchacha que expedia grandes cantidades de energía, sus ojos completamente blancos y su cabello flotaba libre en aquel viento, el joven supo que tenía que salir de ahi. Sabia que ella no podia controlar aquella energía y que lo que estaba sucediendo no era mas que un reflejo, su señor ya le habia advertido sobre el increible poder de la muchacha, pero tambien le habia dicho que ella no sabia

controlarlo aun, una sonrisa se dibujo en el rostro del joven por debajo de la mascara.

Por ahora tendria que huir si no queria morir, pero regresaria a completar su mision.

-Ya nos veremos- dijo el joven antes de dar media vuelta y desaparecer en el bosque.

El viento fue cesando poco a poco, la luz de su medallón como la de su frente se apagaron y ella cayo rendida al suelo, se apoyo en una gran roca sintiendose mareada, sus piernas le temblaban y le costaba mucho respirar. Sentia como todo le daba vueltas, y cuando no lo pudo resistir por mas tiempo se dejo caer desmayada en medio del bosque oscuro.

Elizabeth se encontraba en el pasillo de los dormitorios, el dolor de su cabeza que habia comenzado en la clase de química ahora era insoportable, sentia como si alguien golpera la parte de atras de su cabeza, y en sus ojos el pasillo daba vueltas cada vez mas rapidas se sostuvo de la pared tratando de recuperar el balance, perdio la fuerza de sus brazos y los libros que llevaba cayeron al suelo. Cuando ya estaba a punto de perder la conciencia unas delicadas manos la sostuvieron pasando un brazo de Elizabeth por su cuello para ayudarle a caminar se encontraba la misteriosa muchacha que llego al instiuto acompañando a Jacqueline.

-Cual es tu numero de habitación?- pregunto la joven mientras reposaba el peso de Elizabeth sobre ella.

-62 A- pudo decir apenas.

La joven la llevo casi cargada, al llegar abrió la puerta y la acosto sobre la cama.

Elizabeh se llevaba las manos a la cabeza con desesperación, las lagrimas corrian por su rostro.

-Las pastillas...- dijo con esfuerzo- estan en uno de los cajones de mi closet.-agrego con un gemido de dolor.

La muchacha dio media vuelta y se dirigió al closet para buscar la medicina. Por lo que no vio la pequeña luz en forma de luna que aparecia en la frente de la muchacha. Pero unos ojos verdes la miraban por la ventana con interés.

La luz se apago y Elizabeth sintió como su dolor disminuia poco a poco, La joven que la acompañaba le dio una pastilla y alcanzo un vaso con agua, luego de que ella tomara la medicina lo coloco sobre la mesa junto a la cama, puso una sabana sobre la muchacha que se encontraba muy palida, titiritando de frio y alcanzo una silla para sentarse junto a la joven.

-Ya te sentiras mejor-la tranquilizo con voz suave.
-¿Cómo te llamas?-le dijo ella mirandola por un momento.

-Jennifer-dijo la chica con sencillez.

-Gracias... Jennifer-dijo con la mirada agotada.

-Por nada-dijo ella.

Vio por el rabillo del ojo como la joven se ponia tensa con sus ojos fijos en la ventana, de repente se levanto y cerro las cortinas con brusquedad.

-Lo siento. ¿No te molestaba la luz?- pregunto con inocencia.

-Si... gracias- dijo la joven.

-Trata de descanzar, ya se te pasara en un rato.

Elizabeth cerro los ojos y se rindio al cansancio que la invadia de pronto.

# Capitulo Nueve
## Te subestimas...

Despues de varias horas de busqueda, el joven comenzó a sentir como le faltaba el aire, estaba preocupado por lo que pudiera haberle pasado a la muchacha, no era normal que hubiera desaparecido por tanto tiempo. Por su mente cruzaban pensamientos de toda clase de cosas que podrian haberle sucedido y si estaba herida o quizá hasta muerta.
El corazón le dio un vuelco al pensar en ello; ¿Qué haría el sin ella? Si ella muriese algún dia no había duda que su mundo se acabaría, porque ella era su todo, Si Cally muriese algún dia el sabia con certeza que el moriría con ella.

Demian vio a lo lejos la figura femenina de la muchacha inconciente entre los arboles, corrió hasta ella y la levanto entre sus brazos y con hechizo de transportación, la llevo de vuelta al castillo.

Ella desperto una vez mas en su habitación, despues de haber estado inconscinte era frustrante para ella el hecho de que la situación se repitiera con tanta frecuencia. La hacia pensar que quiza no era tan fuerte como pensaba.

Levanto su cuerpo para quedar sentada sobre la cama, cuando vio al joven; se habia quedado dormido a su lado cuidando su sueño, ella pensó tambien cuantas veces el se habia sacrificado para cuidar de ella.
Suavemente paso una mano por su cabello, era suave al contacto y sus dedos se deslizaban con facilidad por entre los lisos cabellos del muchacho.

El se desperto lentamente alzando su cabeza.
La mano de la joven quedo sobre su mejilla y el la sintio calida, habria dado cualquier cosa por ser capaz de congelar el tiempo, ultimamente la muchacha lo miraba de una manera diferente, y el lo habia notado, pero no queria hacerse falsas esperanzas, ella estaba totalmente fuera de su alcanze; era una pricesa, el sabia que no podia esperar que lo mirara como algo mas que su maestro, además de su guardian.
El tomo su delicada mano entre las suyas y la sostuvo ahí.

-¿has estado aquí toda la noche?-pregunto ella con un hilo de voz.

-Si... estaba muy preocupado- dijo tomando asiento para quedar frente a ella.- Vine a buscarte y no estabas, te espere por horas pero no llegabas y nadie parecia saber nada, asi que me preocupe de que algo te hubiera pasado; sali a buscarte cuando te encontre estabas inconciente en el bosque... Lo lamento tanto.-dijo el con tristeza.

-No-dijo ella negando con desaprobación- esta bien. No fue tu culpa.

-Debi haber estado ahí- dijo colocando sus manos en el rostro de la joven y acercandose a ella- debi haberte protegido. Te falle y lo siento.

-Demian- dijo ella con una pequeña sonrisa.- Tú nunca me has fallado, has estado ahi para mí en todo momento. Estas aqui por mí. ¿Crees que no lo se?... ¿Qué no he notado que te arrepientes de todo lo que estamos haciendo? ¿Qué te duele el alma cada vez que te enfrentas a tu gente? Y sin embargo se que nunca me traicionarias. Me enseñaste todo lo que se, a defenderme, a usar mi magia. Tu nunca me has fallado, yo creo que te subestimas.- dijo ella mirandolo directamente a los ojos, en ellos se reflejaba algo que se parecia mucho al cariño.

Demian penso que debia de estar soñando, pero si asi era le gustaria quedarse ahi junto a ella soñando para siempre.

-Cally- dijo el con voz suave.

Sus rostros se acercaron mas hasta que pudo sentir su respiración, rozo sus labios suavemente, pero se detuvo al detectar que la muchacha temblaba, entonces recordó que ella nunca habia besado antes, por lo que parecia estar muy nerviosa, sintió a la muchacha contener la respiración por un momento y pensó que no estaba lista para aquello todavia.
Era una excelente luchadora, pero esto estaba totalmente fuera de su elemento, no queria apresurarla ni hacerla sentir incomoda, por lo que planto un suave beso

en su mejilla, luego otro en sus ojos hasta llegar a su frente.
Esto parecio desconcertarla, lo supo cuando la miro fijamente a los ojos en ellos habia sorpresa y curiosidad mezcladas. El le dedico una pequeña sonrisa tratando de transmitir sus sentimientos y sus pensamientos. Ellos se entendian tan bien que nunca habian necesitado de las palabras para comunicarse.

Ella comprendiendo porque el se habia contenido en ese momento, le sonrio de la misma manera y asintió suavemente con la cabeza, el la entendia prefectamente, y no queria incomodarla. Se separo un poco sin apartar la mirada del muchacho.

-No has dormido bien, deberias descanzar lo que queda de la noche- le dijo ella.

-Si. Tienes razón-le dijo el poniedose de pie- ¿y tú? ¿Estaras bien?

Ella asintio con su cabeza.

-Te vere luego entonces- dijo el plantando otro suave beso en la frente de la muchacha, haciendola sentir una agradable calidez en su interior.

Ella le dedico una última mirada antes de verlo salir de la habitación.

Se quedo ahi pensando en lo que habia sucedio, sorprendida de sus sentimientos hacia el joven.

Hacia mucho tiempo que ella conocia los sentimientos que el joven tenia hacia ella, pero no hacia tanto que ella lo habia mirado como su guardian y su maestro solamente.
Pero ahora habia algo nuevo algo que la hacia estremecerse cada vez que el cruzaba sus pensamientos, algo tan fuerte que hacia que le doliera el corazón. ¿Qué significaba esto? Ella no lo sabia y tampoco comprendia porque el sentimiento le parecia tan agradable, cerro sus ojos y se dejo llevar por sus pensamientos los cuales en su mayoria llevaban el nombre del muchacho en ellos.

Sono la campana para anunciar el final de la clase y la hora del almuerzo.
El dolor de cabeza que había sentido el dia anterior, había hecho a Elizabeth dormir el resto del dia por lo que ahora se sentía descanzada y con energía.

Se encontraba recogiendo sus libros cuando vio una mano extendida frente a ella, volteo su cabeza y se encontró con unos hermosos ojos azules que la veian acompañados de una encantadora sonrisa. Oliver se encontraba junto a ella esperando que tomara su mano para escoltarla hacia la cafetería donde ella había prometido acompañarlo a almorzar.

Lo miro sorprendida por un momento, al recordar su cita cerró los ojos y los abrió en señal de que lo había olvidado por completo. El bajo sus manos introduciéndolas en sus bolsillos.

-Lo has olvidado- dijo el pero sonaba como afirmación no como pregunta.

-Lo lamento- dijo ella- No fue mi intención.

-Esta bien-dijo el con una sonrisa- Pero que... ¿Estas lista?

Recordando el consejo de su amiga, pensó que ya que ella no conocía el muchacho seria buena idea escucharla, pero que iba a hacer ahora, el joven estaba esperando una respuesta.

-Lo siento Oliver, pero la verdad tengo mucha tarea- mintió- Deberiamos ir otro dia.

-¿Sabes lo mucho que esperado que sonara la campana para venir hasta aquí?- pregunto el pero no había enojo en sus palabras.

La joven pensó que no haría ningún daño si le acompañaba una vez a almorzar, nunca había tenido la oportunidad de hacer amigos, porque ahora que aquel muchacho se mostraba tan interesado en ella lo rechazaría. <<No >> pensó. <<Lo acompañare>>

-Esta bien-dijo con una sonrisa- tengo algo de tiempo.
El sonrio mostrando unos dientes completamente blancos, era una sonrisa hermosa. El joven era muy atractivo parecia uno de esos modelos profesionales que había visto solo en comerciales y desfiles de modas.

El le brindo su brazo, como hacían los caballeros en tiempos antiguos, levantando la cabeza con gracia y mirándola de reojo indicándole que tomara de su brazo. Ella solto una sonrisa por lo bajo y tomo del brazo que le ofrecía. Le pareció que Oliver no era tan malo como se lo pintaban sus compañeros incluso le parecía que el joven era bastante agradable y hasta gracioso.

El la escolto hasta la cafetería haciéndole bromas que la hicieron reir por todo el camino; cuando se encontraron en las puertas del lugar estaba lleno de jóvenes que al verlos entrar voltearon sus cabezas y mostraban miradas llenas de curiosidad. Ella no pudo evitar que su rostro se pusiera de color rojo, al ver esto Oliver no pudo evitar sonreir. Le apretó suavemente la mano que lo sostenía temblando.

Caminaron hasta una de las mesas en el fondo de la sala. En el camino se encontró con Sasha y Alex quienes se encontraban en una de las mesas en la otra esquina de la cafetería y los miraban con desaprobación en el rostro a Elizabeth le pareció ver algo más en la mirada del joven, ¿Pero que era? ¿Celos? Sacudió la cabeza suavemente al descubrir lo ridículo que eso le sonaba.
Tambien vio unas mesas mas alla a Jacqueline y Jennifer siguiéndolos con la mirada, la de Jacqueline estaba llena de celos y enojo y la de Jennifer se parecía mucho a las miradas de Sasha y Alex.

Llegaron a la mesa y Oliver aparto la silla para ayudarle a tomar asiento, y luego tomo asiento en la silla frente a ella.

Elizabeh noto como las miradas se dispersaban poco a poco excepto por tres pares de ojos que la miraban con profunda precupacion, ellos eran Sasha, Jennifer y por supuesto Alex.

-¿Que te apetece?- le pregunto tomando el menú de manera muy casual.

Ella tomo su menú y se decidió por un plato de macarones con salsa Alfredo.

Llego la mesera y luego de ordenar y de que esta se retirara se inclino hacia ella.

-¿Que pasa?-le pregunto el viendo la incomodidad de la muchacha.

-Es solo que pareces ser algún tipo de celebridad o algo asi-dijo ella mirando al suelo.

El solto una risa llena de gracia.

-¿Y eso te molesta?-le pregunto el.
-No...-dijo ella- lo que sucede es que he escuchado algunas cosas sobre ti y no todas son buenas ¿Sabes?

El se puso serio de repente.

-¿Cómo que?-le pregunto el clavando sus ojos en ella.

Llego la mesera y les sirvió la comida y dos vasos de agua mineral.

-Como que...- comenzó ella sin encontrar las palabras correctas.- Nunca tomas a ninguna chica seriamente, que te gusta nada mas jugar con ellas.- dijo ella sintiendose apenada.

-No lo voy a negar- dijo el suavemente- he estado con chicas solo para pasar el momento.- y entonces el tomo una de sus manos que se encontraba sobre la mesa.

-Todas me parecían iguales... Tu no-dijo mirándola con intensidad.- Tu eres diferente Elizabeth no se que es... pero... no he podido dejar de pensar en ti ni un solo momento.

Elizabeth observo por el rabillo del ojo como Alex se levantaba de la mesa molesto y salía de la sala a gran velocidad.

-Perdona si soy atrevido- continuo Oliver al ver que la muchacha no respondia- Pero necesitaba que escucharas cuales son mis intenciones desde ahora... para que no haya malentendidos.

-Esta bien-dijo ella solamente dedicándole una pequeña sonrisa.
¿Qué era lo que estaba diciendo? ¿Qué estaba de acuerdo en que la cortejara? Eso parecía.
Por una extraña razón no podía evitar pensar en Alex y en lo cerca que habia estado de besarla el otro dia. Pero también pensó que el nunca se había mostrado tan abierto he interesado como Oliver, este le parecía un joven muy agradable y en realidad se veía saliendo con el en un futuro, con Alex nada era seguro y además no lo

conocía; a diferencia de el, Oliver parecía sentirse dispuesto a conocerla y lo mas importante a compartirle sobre el.
Lo intentaría ¿por que no? En relidad no era como que estuviera aceptando ser su novia o algo por el estilo; todo comenzaría como una buena amistad y luego ya veria.

Terminaron su comida mientras el le hablaba sobre sus años en la escuela y como siempre había estado muy interesado en el baseball. Rieron, y hablaron por lo que a Elizabeth le parecio una eternidad cuando sono la campana para comenzar el quinto periodo de clase.

Oliver la acompaño hasta la puerta del laboratorio, desde donde observo a Alex ya en su asiento viendo hacia la ventana con una mirada triste, se veía algo cansado. Elizabeth se despidió del muchacho con una sonrisa.

-Me la pase muy bien, muchas gracias-.El le sonrio y le dejo saber que le encataria la idea de repetirlo, ella le aseguro que asi seria, el joven se alejo y ella tomo asiento junto a Alex.

-¿Te la pasaste bien?- pregunto Alex sin apartar sus ojos de la ventana y con algo de sarcasmo en la voz.

-Muy bien- dijo ella.
-me alegro- dijo el mirándola un momento y volviendo la vista de nuevo a la ventana.

-Perdona- dijo una voz tras ella. Al vover su cabeza le sorprendió ver que la persona que le hablaba fuera el misterioso compañero de laboratorio de Sasha que aunque se sentaba tras ella cada dia nunca le había escuchado hablar antes.

-¿Si?-dijo ella.

-Perdona que te lo diga pero... me parece que deberías cuidar un poco mejor tus amistades-dijo el con voz aburrida- no te conozco pero no creo que sepas quien es Oliver Aghel en realidad ¿O si?

A Elizabeth le sorprendió tanto la pregunta que no supo que decir, pero no pudo evitar notar que Alex volvia su cabeza hacia el joven y le dedicaba una mirada sorpendida al mismo tiempo que se veía molesto por el atrevimiento de su compañero, pero había algo mas en esa mirada ¿Qué era? ¿Advertencia? Eso le pareció vio a Sasha que lo miraba con una mirada sorprendida al mismo tiempo que le daba un suave empujon claramente diciéndole que guardara silencio.
El joven dedico la misma mirada aburrida a su amiga y luego a Alex.

-Me parece a mí que ella merece saber- dijo.

-Nadie pidió tu opinión-dijo Alex claramente frustrado.

¿Que rayos estaba pasando? Ahora Elizabeth estaba mas segura que nunca de que Alex le ocultaba algo importante, pero le sorprendió el ver que Sasha parecía saber de lo que se trataba y aun no le había dicho nada.
Liz les dedico una mirada que decía que estaba esperando una explicación cuando Sasha dijo:

-No le hagas caso Bryan es un poco imprudente a veces-dijo Sasha con una sonrisa nerviosa, claramente había algo que no le estaban diciendo, pero ella iba a averiguar que era.

El maestro termino con la clase y cada cual se fue sin decir una sola palabra de lo ocurrido. Elizabeth no volvió a hablar sobre el tema con Sasha, y su compañero Bryan no le había dado ninguna otra pista. Al mismo tiempo que Alex parecía no querer hablarle en absoluto.

# Capitulo Diez
## Presentes

Llegaba diciembre y todos los alumnos del Washington Elite High School parecian emocionados, por lo que esto significaba.
El gran baile de mascaras que la familia Leroy organizaba todos los años.

Por la muerte del Señor Leroy se pensó que ese año se cancelaria, pero su hijo Alex decidio llevarlo a cabo en honor a su padre, ya que sabia que para su padre era importante y que el odiaria que fuera cancelado.
Asi que Alex envio las invitaciones a las familias más importantes de todo el país e incluso de Europa.
Grandes nombres de la realeza asistian todos los años y como los estudiantes del Elite High School eran parte de estas familias la mansión de los Leroy se llenaba cada año con los jovenes de esta escuela y sus padres.

Un baile al que Elizabeth y su padre eran invitados cada año, pero nunca habían podido asistir por falta de recursos para viajar además de que la escuela de la muchacha se los impedía.

Las llamadas de confirmación no se hicieron esperar, ya ese se había convertido en el tema de conversación de todos los grupos de la secundaria, y los alumnos ya habían comenzado a escoger lo que usarían ese dia, las jóvenes no hablaban otra cosa que no fuera vestidos para la velada y como decorarían sus mascaras.

Elizabeth pronto cumpliría un mes de asistir a esa escuela, pero aun asi le parecía muy extraña o simplemente era el hecho de que nadie parecía temerle o huir de ella.

Habia hecho una amistad cada vez mas cercana con Oliver, almorzaban juntos casi todos los días, ella se sentía cada vez mas atraída a el. Su amistad con Sasha había crecido también, y nunca había vuelto a escuchar advertencias sobre su amistad con el muchacho.
En cuanto a Alex, nunca habían tenido la conversación sobre el casi-beso; por el contrario sus conversaciones no parecían avanzar de “Hola” y “Buenos Dias” además de conversaciones estrictamente sobre biología.

Se levanto esa mañana cuando el reloj daba las siete en punto, luego de darse una ducha y vestirse, se dio una rápida mirada en el espejo y se dirigió a la puerta. Al abrir vio un pequeño sobre blanco decorado con cinta color ocre y una rosa de tallo largo color lila; lo tomo y abrió el sobre decubriendo lo que era, una tarjeta, se veía muy elegante, y la portada era de estilo francés.
Era una invitación al baile de la familia Leroy que se llevaría a cabo en dos semanas en la mansión de la misma. Sintió que había algo más en el sobre y vio una

nota escrita con letra de carta, era impecable, le pareció a la joven.
Penso en como Oliver podía haber adivinado que esa era su flor favorita, pero tambien pensó que era un gran detalle de su parte. Fue por eso que su boca cayo abierta hasta el suelo al leer la nota, pero más de quien provenía.

*Elizabeth:*

*Me alegra mucho el ver que te sientes mejor en la escuela,*

*Se que las cosas entre tu y yo no han estado del todo bien así que*

*como un símbolo de paz entre nosotros te envió una invitación al baile junto con esta rosa.*

*Espero que mi presencia no sea motivo por el cual te pierdas de una hermosa velada.*

*Honestamente me gustaría mucho verte ahí.*

*Atte.*

*Alexander Leroy.*

Se quedo helada completamente, con los pies clavados al suelo, su corazón pareció dejar de latir por un momento y pensó que debía seguir soñando, dio un par de golpes con ambas manos en su rostro para despertarse, pero no parecía estar dormida.

Alex le había mandado una invitación a su gran baile y además una nota en la que le decía lo mucho que esperaba que asistiera ¿Qué significaba todo esto? Después de semanas prácticamente ignorándola ahora le enviaba aquellas palabras además de una rosa.
¿Cómo sabia el muchacho que aquella era su flor favorita? No le pareció habérselo mencionado nunca, suavemente acerco la rosa a su nariz para sentir su aroma, luego se quedo ahí un rato recordando aquella noche en la que se había sentido tan conectada al joven, recordando cada segundo de aquella noche sintió que le faltaba el aire por un momento.

Rapidamente recupero su respiración, llevo la flor junto con la invitación dentro de la habitación y la puso en un florero sobre un mueble junto a su ventana, se acerco para sentir su aroma una vez más y con una sonrisa se dirigió al piso de abajo para comenzar otro dia de clases.

Bajando las escaleras del piso de los dormitorios se encontró con Oliver quien se hallaba conversando y riendo junto con algunos compañeros.
Cuando la vio inmediatamente se disculpo y se alejo de ellos para dirigirse a la joven.

-Buen dia-dijo con una sonrisa, caminando al lado de la muchacha.

-Buen dia-contesto ella.

-¿Has dormido bien?-pregunto el tratando de comenzar una conversación.

-Muy bien- contesto con una sonrisa.

-Oye recibi mi invitación para el baile de mascaras y me preguntaba... ¿si te gustaría acompañarme ese dia?- dijo el tomando los libros de la muchacha.

-Me encantaría- dijo ella siniendose un poco apenada por su ayuda- pero no estoy segura de poder ir.
-¿Por qué no?-dijo el en ademan bromista- Es el evento social del año-dijo haciendo un gesto gracioso con las manos.

Ella rio suavemente.

-Nunca he sido muy buena cuando se trata de socializar- dijo con una sonrisa- No me lo tomes a mal pero no es mi fuerte.

-Nunca es tarde para comenzar-dijo el mirándola- anda al menos piénsalo un poco-dijo juntando sus manos en ademan de suplica.

-Esta bien... lo pensare.- dijo ella empujando las manos del muchacho hacia abajo.

-Me conformo con eso- dijo el- Por ahora.
Cuando de repente se escucho la voz del director hablar por la bocina.

-Jovenes por favor preséntense todos al gimnasio de inmediato-dijo.

-mmm... ¿Que sucede?-Pregunto ella con curiosidad.

-Ha... -dijo el con cara de no-te-preocupes.
-nadie murió... tranquila- sonrio- cuando las vacaciones de navidad se acercan, el director comienza a darnos sermones de cómo las fiestas son para compartir en familia y no para volverse loco... bueno ya sabes... cosas sin importancia.-dijo el con voz de que las charlas no lo entusiasmaban en absoluto.

-Ya veo- dijo ella- vamos entonces.
Ambos caminaron juntos hasta la entrada del gimnasio.

Los Alumnos se encontraban en filas según clase; cuando Elizabeth camino para tomar su lugar junto con los demás Juniors observo que Alex se encontraba unas filas mas atrás conversando con Jennifer quien estaba junto a el; lo vio reir, le parecía otra persona, bromeaba y se veía realmente feliz.
Sintio un dolor en su pecho que tomo por sorpresa a la joven al entender que lo que le sucedia era que estaba celosa; realmente celosa por el motivo de no ser la persona con la cual el se sentía tan comodo como para reir de aquella manera, todo lo contrario cuando el se encontraba junto a ella siempre se mostraba tenso, serio, algunas veces le parecía que hasta incomodo.

El joven pareció sentir su mirada porque volteo su cabeza en su dirección, de inmediato su rostro se torno serio, pero no molesto, su semblante era indecifrable. <<A eso me refería>> pensó la muchacha, caminando para tomar su lugar donde se encontraba Sasha quien al verla le hizo espacio frente a ella.

El director comenzó con la lectura de su discurso. Parecía haber trabajado mucho en el ya que en sus manos se encontraban varias paginas con escritos por ambos lados.

-¿Qué tienes pensado hacer hoy?- Le pregunto sasha en susurros- las chicas y yo iremos de compras para el baile. Estaba pensando que tal vez querrias venir.

-Lo siento pero aun tengo un ensayo que escribir, es para literarura y el dia de entrega es mañana... ni siquiera he comenzado- confeso.

-¿Tu atrasada con tarea?-le pregunto con una sonrisa- Pero si tu siempre estas ocupada con tarea ¿como puedes estar atrasada? ¿O esta vez será por algún motivo en especial?

-Bueno... en realidad he pasado mucho tiempo junto a Oliver- dijo ella con vergüenza- Pero no es lo que tú piensas- corrigio al mirar el gesto lleno de sorpresa de su amiga.

-Esta bien, tranquila- dijo Sasha riendo al mismo tiempo que levantaba ambas manos en señal de inocencia- Oye- continuo poniéndose repentinamente seria- Lo tuyo con Oliver ¿Es serio?

-¿A que te refieres?-pregunto Elizabeth- Oliver y y no somos mas que amigos.

-Bueno... es que... pasan mucho tiempo juntos y eso- explico Sasha- además no creo que Oliver este de acuerdo con eso de que son solamente amigos.

-Solo somos amigos- dijo Liz haiendo énfasis en la palabra “amigos”- nada mas.

-¿Qué hay con Alex?- pregunto- Crei que te gustaba. Has dicho que casi se besan el dia de la fiesta ¿o no?

-Y asi fue- dijo algo confundida- Pero el y yo nunca... hablamos... además fue solo una vez y... el parece estar mejor sin mi- dijo apuntando hacia el y Jennifer quienes continuaban riendo y conversando en susurros.- Dificilmente hablamos... y además... ¿De que estoy hablando? Entre el y yo nunca hubo nada- se corrigio- Todo fue un malentendido.
-Señoritas Gautier y Greene- las interrumpió uno de los maestros junto a ellas- ¿Hay algo que les gustaría compartir con el resto de sus compañeros y maestros?

Elizabeth sintió su cara cambiar de colores desde pálido a rojo intenso.

-No Señor-dijo Sasha en tono informal.

El instructor no hizo más que dedicarle una mirada llena de molestia y hacer un gesto con su mano indicando silencio.

Al parecer Alex había escuchado el llamado de atención del maestro hacia las muchachas ya que el y sus demás

compañeros de fila incluyendo a Jennifer las miraban fijamente.
El rostro del joven mostraba una pequeña sonrisa y en sus ojos había un toque de gracia.
Cuando la muchacha fijo los ojos en el, su rostro paso de casual a serio en un instante sin parecer molesto sino mas pensativo, la miro con lo que ella pensó parecía << ¿que?>> pensó ella. ¿Anhelo?, ¿cariño?, ¿tristeza? Ella no lo sabía.

La joven agacho su cabeza con timidez observando como Alex volteaba de nuevo hacia su compañera para continuar su plática entre susurros y risas escondidas.

Demian Y Cally se encontraban de rodillas frente a la silueta de su Señor el gran mago Yiran, cuando este volteo al percibir la presencia de los jóvenes con un gesto les indico ponerse de pie, estos obedecieron y se quedaron en su lugar con su rostro agachado en señal de reverencia.
-Este es un momento crucial para nuestros planes- comenzó con voz grave- Hasta ahora han cometido algunos errores que estoy dispuesto a olvidar; pero solo si me aseguran no fallar esta vez. Necesito ese medallón.

-Si señor, no fallaremos mas- dijo la joven alzando sus ojos- ¿De que se trata esta vez?

-Bueno criatura, se trata de que esta será una oportunidad única, una oportunidad que no deben dejar pasar bajo ninguna circunstancia- dijo extendiendo su mano y entregando a la muchacha un sobre pequeño de color blanco.

Ella con ojos llenos de curiosidad abrió el sobre lentamente notando de que se trataba su contenido; era una invitación a un baile de mascaras para celebrar el fin de año.
La invitación se encontraba bajo diferentes nombres por supuesto un hombre y una mujer por lo que supuso ella que iba dirigida a Demian y ella.
Miro a Yiran alzando una de sus perfectas y delicadas cejas en señal de que necesitaba una explicación un poco mas detallada acerca del porque de la falsa invitación y que habría exactamente en aquel baile.

-En ese baile encontraras a la chica dueña del medallón- dijo entendiendo el gesto de la joven- No te confíes tanto su guardián estará ahí también pude averiguar su nombre
Alexander y por alguna razón será el anfitrión.

-Eso me suena a trampa- dijo Cally en tono casual.

-Lo sé- dijo Yiran con sencillez- Pero no deberías preocuparte tanto por supuesto no iras sola esta vez, Demian ira contigo- agrego mirando al muchacho, quien tenía un semblante serio y mirada preocupada.

Ella le dedico una breve mirada y luego asintió una vez a Yiran indicando que entendía lo que debía hacer.

-¿Cuál es el plan?- pregunto Demian sin cambiar la expresión seria de su rostro.

-El plan es simple- dijo Yiran dibujando una pequeña y siniestra sonrisa en su rostro.- Entran, acaban con el guardián, consiguen el medallón, acaban con su dueña, y me lo traen. ¿Alguna duda?

Demian parecía molesto por el sarcasmo en la voz de Yiran por lo que cuando estaba a punto de responder Cally se adelanto y dijo:

-No mi señor- dijo dedicando una mirada breve de advertencia hacia Demian- Ninguna duda.

-Preparen todo- Les indico- Ya pueden marcharse.
Ambos jóvenes inclinaron su cabeza y dieron media vuelta dirigiéndose a la puerta para salir y afinar detalles sobre su misión lo más pronto posible.

Por la tarde Cally se encontraba en un amplio salón con su espada en mano. Había estado ahí por horas practicando sus habilidades ya que sabía que su enfrentamiento con el que Yiran había llamado Alexander no sería nada fácil, había peleado una vez contra el en el pasado y había sido capaz de escapar con mucha dificultad y además una enorme herida en su cabeza.
Hizo una finta, alzo la espada y la enterró rápidamente en una roca partiéndola en dos
sin darse cuenta de que un joven la miraba con gran interés y cariño desde la entrada.

Dio varios pasos al frente hasta quedar justo tras ella, al sorprenderla la joven dio la vuelta de un salto lanzándose sobre el muchacho con la espada.
El con gran agilidad logro sacar su propia espada para interponerla entre ambos; se miraron por entre sus armas, ella mostro una sonrisa amistosa sin soltar su arma. Ataco de nuevo, esta vez lanzando un golpe hacia la cintura del joven, este respondió a una velocidad impresionante dando un salto hacia atrás.

Continuaron lanzándose ataques con gran fuerza, pero sus sonrisas delataban que no era más que un encuentro amistoso que ambos parecían disfrutar. Una vez más sus espadas chocaron frente a ellos; Cally al notar que la fuerza en los brazos del joven era superior a la suya, lanzo un patada enviándolo hacia atrás, rápidamente deslizo un pie por debajo del haciéndolo caer de espaldas, con un movimiento de muñeca hizo volar la espada del joven unos centímetros más lejos dejándolo sin nada con que defenderse y colocando la punta de su espada muy cerca de el cuello del muchacho. Ambos jóvenes se quedaron en esa posición por un momento mirándose intensamente sin borrar sus sonrisas y respirando entrecortadamente.

-Estas muerto-dijo ella

-Tu ganas- respondió el- esta vez.

Ella aparto la espada colocándola de nuevo en su vaina que se encontraba enganchada a su cintura. Ambos jóvenes caminaron hasta el otro lado del salón, Demian espero a que la muchacha tomara agua. Después de un trago ella le dio su atención.

-¿Me buscabas?- pregunto ella.

-ha... si- dijo el poniéndose nervioso- es sobre el baile.

-¿Qué con eso?- dijo ella notando los sentimientos del muchacho.

-Bueno... ya que tendremos que hacernos pasar por invitados y todo eso- dijo el mirando en todas direcciones menos a la muchacha—tengo algo para ti- agrego mirándola por fin.

-¿Ha si?- pregunto ella levantando una ceja.

- Si- dijo el- Espera aquí.

El Joven salió de la habitación un instante, cuando regreso Cally observo que sostenía un cofre pequeño de color dorado con infinidad de diseños en el exterior además se encontraba cerrada por un candado del mismo color, el joven coloco el paquete sobre una mesa que se encontraba ahí, alcanzo las llaves de su bolsillo, dio a la joven una última mirada antes de abrirla, el interior del cofre estaba forrado de tela de seda de color rojo intenso en el centro se encontraba una máscara color del mismo dorado que el cofre, tenia flores en el diseño y algunas piedras preciosas incrustadas tales como rubíes y esmeraldas, era preciosa tanto que parecía una joya hecha para la realeza.

Cally acerco una mano con timidez para tocarla dedicando unas cuantas miradas a Demian.
-¿Puedo?- pregunto suavemente.

- Adelante- dijo él con una tímida sonrisa.

Ella tomo la máscara en sus manos inspeccionándola lentamente, suavemente la coloco sobre su rostro, cubría nada mas la mitad de su rostro, y las piedras preciosas resaltaban el color de sus ojos, los cuales miraron al joven fijamente.

-¿Cómo se ve?- pregunto ella con voz suave.

La miro como despertando de un hermoso sueño, y tratando de recuperar el aliento alargo una de sus manos para tocan un mechón de cabello y colocarlo por sobre el hombro de la joven.

-hermosa, como toda una princesa- dijo él con el mismo tono de voz que ella había utilizado.

-Gracias- dijo ella quitándose la máscara y colocándola de vuelta en el cofre, luego volteo su rostro para mirar al joven una vez más. -Tendré que compensarte por esto.

-No tienes que hacerlo- dijo el- y no me agradezcas; es lo que pienso.

Ella dio un paso al frente quedando muy cerca de él, este sintió desmayarse al sentir la mano de la joven deslizarse por su cabello y sus ojos fijos en los de él.

-¿Y si lo hago?- pregunto ella acercándose un poco más. Parecía que iba a besarlo cuando se puso de puntillas y planto un suave y tierno beso en la mejilla del joven.
Al separarse de él le dedico una más de sus sonrisas esta con un aire coqueto, que hizo al joven estremecerse.

El respondió a su sonrisa con una más pequeña pero llena de cariño y la vio tomar el cofre y marcharse lentamente.

# Capitulo Once
## Una mágica velada

Era una mañana fría había dejado de nevar la noche anterior, el día de fin de año había llegado y los preparativos para el baile de mascaras que se llevaría a cabo esa misma noche se encontraban casi terminados y solo se afinaban los últimos detalles.

Alex se encontraba sentado sobre el balcón de su habitación algo nervioso las vacaciones dedicadas a las fiestas de navidad y fin de año habían comenzado dos semanas antes y lo inquietaba el hecho de no haber visto a Elizabeth desde entonces.

El joven veía pasar la servidumbre de arriba hacia abajo, los preparativos iban desde adornos, vajillas, un gran banquete, reparación del jardín, con hermosas flores que él había exigido debían ser rosas color lila que él tambien sabía perfectamente eran las flores favoritas de Elizabeth.

Pensar en ella lo confundía, había aceptado hace algún tiempo que lo que sentía por ella era algo más que solo un capricho pasajero, el joven jamás había visto semejante belleza, aquellos ojos que hacían derretir su corazón cada vez que se encontraban con los suyos, pero sobre todo él nunca había visto un corazón tan puro y noble como el de la muchacha, era su rostro cada día lo único que lo hacía sentirse vivo, y el tiempo que no había podido siquiera mirarla era doloroso para el.

El joven sacudió su cabeza recordando que el no debía sentirse así, de ninguna manera él podía estar con ella había demasiado en juego si lo hacía, y el estaba dispuesto a renunciar a ella si eso la mantendría a salvo.

Se conformaba con el hecho de pensar que la vería esa noche, que admiraría sus hermosos ojos, sus preciosos cabellos rubios, aquella figura que lo hacía enloquecer solo con mirarla. Si esa no era perfección, él sabía con certeza que no existía.
Mientras más tiempo pasaba menos podía controlar sus pensamientos, el no podía permitirse perder el control de esa manera, por lo que se puso de pie y camino hacia la puerta, al abrirla se encontró con los ojos oscuros de Jennifer que lo miraban con sorpresa y gracia ya que ella había estado a punto de tocar la puerta segundos antes de verlo.

-Llegas tarde- dijo Alex.

-lo siento. Es solo que aún hay mucho por hacer y muy poco tiempo- respondió ella simplemente.

- Esta bien y ¿Cómo va todo?- pregunto el pasando una mano por su cabello.

-Todo marcha sobre ruedas, si no me equivoco esta será una velada inolvidable.- dijo ella con una sonrisa.

-Eso espero- respondió el con voz cansada.

-Bueno en realidad yo venía con otro propósito- dijo la joven cambiando de tema.
El la miro con curiosidad en su mirada levantando una ceja.

-¿Tienes algún problema con lo que te encargué?- pregunto.

-No por supuesto que no- dijo ella sintiéndose ofendida.- Como dije antes será una velada inolvidable, todo es seguro no te preocupes... se trata de otro asunto- dijo ella en susurros- Apareció por fin...Neliana.

Elizabeth se encontraba en la cocina preparando el desayuno de su padre, alzo su rostro para ver por la ventana y observo que todo afuera estaba cubierto de nieve de la noche anterior. <<Hoy es el baile>>pensó; no había notado cuan ansiosa se encontraba por el evento de esa noche, se imaginaba la mansión de los Leroy toda decorada elegantemente y llena de flores de todos los colores, vasijas que estaba segura serian verdaderamente costosas; pero lo que más le preocupaba aun sin quererlo admitir era que se encontraría con Alex, Sus ojos, su aroma.
Pero también se encontraba nerviosa ya que últimamente las cosas entre ellos iban de mal en peor, después de la invitación junto con la nota y la rosa no

habían conversado en absoluto todo lo contrario el ambiente se volvía realmente tenso cada vez que se veían.
El joven la confundía, algunas veces era dulce y tierno, pero la mayoría del tiempo se le veía molesto o preocupado, era como si algo lo estuviera persiguiendo y el debía escapar.
La diferencia era que la que había sido perseguida era ella; el había prometido protegerla, pero a la joven aun no le quedaba claro de que exactamente.
Acabando de preparar la comida la sirvió en un plato sobre la mesa, saco café en una taza y se dirigió a llamar a su padre para indicarle que podía sentarse a la mesa.
Este entro a la cocina y después de darle un suave beso a su hija en la frente, tomo asiento y bocado por bocado termino su desayuno mientras Elizabeth lavaba los sartenes.

-Papá- comenzó ella- me preguntaba si tienes todo listo para el baile de esta noche o si necesitas mi ayuda con algo.

-Oh si acerca de eso- dijo el- me temo que no podre ir esta noche. Tengo que ocuparme de algunas cuentas de la compañía y son tantas que necesito avanzar así que pensé en hacerlo hoy- explico con tono de disculpa- Pero no te preocupes por eso tu puedes ir y representarnos a ambos; estoy seguro que Alex entenderá.

-Mmm está bien- dijo ella- si en realidad no puedes no hay problema.

-Estoy seguro que harás un gran trabajo en esa fiesta- dijo él con una sonrisa- Tu nunca me decepcionas, hija. Además por lo que se muchos de los chicos que asisten a tu escuela estarán ahí.

-Si así es- respondió ella- No te preocupes todo estará bien y regresare muy temprano. Lo prometo.

La Joven se dirigía hacia la puerta cuando su padre la detuvo.

-Elizabeth- la llamo- hay algo que quiero mostrarte.
Frederick se levanto de la mesa recogiendo una caja color rosa que se encontraba sobre la misma, camino hacia la joven ofreciéndole el presente.

-¿Qué es esto?- le pregunto.

-Ábrelo- le invito su padre.

Ella obedeció y se encontró con un hermoso vestido color blanco, ella lo saco de la caja cuidadosamente extendiéndolo. La tela se veía delicada y el vestido caía cuan largo era como cascadas tan blancas como la nieve, en el brillaban pequeñas lentejuelas, eran tan sutiles que parecían estrellas brillando en una noche despejada de verano.

El vestido se encontraba acompañado de una máscara dorada que cubría solo la parte de los ojos.

-Es hermoso- dijo ella- gracias papá, es precioso.

-Cuando lo vi pensé que se vería muy hermoso en ti- dijo su padre con una sonrisa llena de cariño.

Elizabeth no pudo contenerse y corrió hacia los brazos de su padre quienes la acogieron con alegría, ella le dio un beso en la mejilla con mucha ternura.

-Iré a preparar todo- dijo ella separándose de él- gracias otra vez, eres el mejor papá del mundo- le dijo dándole un segundo abrazo y separándose de él.

Salió por la puerta para dirigirse a su habitación, llevaba la caja bajo su brazo sintiendo que su pecho iba a explotar solo al pensar que por fin se encontraría con Alex de nuevo.

Llegaba la noche y con ella un hermoso cielo estrellado junto con una luna que relucía llena.
Los invitados llegaban rápidamente y en un instante el salón se encontraba lleno.
Por algún motivo Alex se hallaba nervioso, bebía una copa de champagne, Sasha quien permanecía de pie junto a él lo miraba tratando de esconder una sonrisa, de no ser porque lo conocía tan bien no habría notado la inquietud del muchacho, este vestía un traje negro corbata, y una hermosa rosa color lila enganchada en la solapa de su saco; su cabello negro muy bien arreglado en su peinado que parecía desarreglado de una manera muy estilizada, dentro del traje una camisa de vestir blanca. Todo el conjunto muy elegante y sus ojos brillaban grises bajo una máscara que hacia juego con

su traje cubriendo la mitad de su rostro enmarcando su mirada, dándole un aire de misterio, muy atractivo.

-Alex, ¿Qué pasa?- dijo Sasha con una sonrisa- Cualquiera diría que estas a punto de saltar de un edificio o algo por el estilo.

El joven respondió con una mirada que decía que no le había hecho mucha gracia su comentario.

-Oh- dijo ella levantando ambas manos- Lo siento, que carácter. Ya tranquilízate llegara en cualquier momento ya lo veras- agrego dando una suave palmada al brazo de su amigo.

Sasha llevaba un vestido largo de un azul profundo acompañado de guantes blancos, zapatos del mismo color azul del vestido, y una máscara haciendo juego con sus guantes.

La joven aun no comprendía cómo era que aquel muchacho que ella conocía como alguien que siempre estaba en control, ahora se encontraba caminando de un lado a otro, lleno de inquietud y con la mirada perdida en la entrada de la mansión esperando a quien él pensaba era la mujer más hermosa que jamás había conocido.

Cally se encontraba frente a las puertas de la mansión lista para entrar, Demian iría por separado para no levantar sospechas pues sabían que habrían guardianes dentro, camino hacia los agentes de seguridad para mostrar su invitación que se encontraba bajo el nombre de Daniela Montalvez, llego a las escaleras y al bajar se encontró con las miradas embobadas de varios invitados sobre todo chicos.

El salón era estilo Británico del siglo XIX, en la escaleras una alfombra roja se extendía cuan largo eran, un hermoso candelabro de cristal en el centro de lo que era la pista de baile y el salón entero decorado con rosas lilas, en las equinas mesas que presentaban un delicioso banquete y bebidas para los invitados.
La joven se hallaba vestida de color rojo algo inusual en ella, pero esta vez era un vestido cuya parte superior era un corsé de donde caía una falda con capas de tela organza hasta sus pies haciéndola ver como una verdadera princesa.
Su cabello caía en ondas hasta su cadera recogido cuidadosamente en una media cola. Y su rostro mostraba la máscara que Demian le había obsequiado, además de guantes negros al igual que sus zapatos.
Se movió lentamente hacia la multitud escaneando la habitación con la mirada, solo asintiendo cordialmente, cuando algún invitado la saludaba.

A lo lejos reconoció a quien ella sabía muy bien era el guardián de aquella muchacha que portaba el medallón de quien ella no sabía más que su nombre. Vio junto a él a una joven elegante vestida de azul.
El chico pareció reconocerla por un momento, por lo que ella rápidamente se oculto tras una de las columnas del salón <<Tantas mascaras en este lugar es realmente útil>>pensó con un suspiro de alivio.

-¿Qué haces ahí?- pregunto Demian tras ella sobresaltándola.

-¿Qué crees que hago?- pregunto ella con sarcasmo en su voz- El guardián de la chica por poco me descubre.

-Ya veo- dijo el volteando la mirada hacia donde se encontraba Alex- Tendremos que tener más cuidado de lo que pensábamos.

De pronto Cally se puso tensa, su mirada clavada en la entrada del salón. Demian siguió sus ojos y se encontró con lo que parecía ser un sueño, una hermosa figura bajando las escaleras en un hermoso vestido blanco; era alguien a quien él no conocía sin embargo sus pensamientos lo llevaban automáticamente hacia Cally.

La joven llevaba su rubio cabello suelto en ondas, largas que caían por su espalda hasta su cintura, sujeto solamente por una máscara dorada; su vestido en silueta de sirena realzaba sus curvas haciéndola ver mayor.

El muchacho sintió de repente una mirada punzante sobre él, tanto que lo hizo voltear su cabeza instintivamente hacia la joven junto a él. Cally lo miraba con enojo, un gesto que el reconocía aun bajo la máscara.

-Concéntrate- Le ordeno ella, tratando de ocultar los celos en su voz.

-L-lo estoy- le dijo algo nervioso.-Es solo que el parecido es impresionante.

-Si claro- dijo ella con sarcasmo.

-Ella... es bella- confeso ganándose una mirada llena de sorpresa y enojo al mismo tiempo - Pero definitivamente no puedo verla de la misma forma que a ti- le dijo miradora con infinito cariño; dejándole saber que cada pensamiento, cada parte de su corazón estaba dedicado a ella.
La joven volteo su rostro con las mejillas enrojecidas para concentrarse en la muchacha que acababa de presentarse.

# Capitulo Doce
## Un Ángel

Alex caminaba de un lado a otro, cuando de repente sintió que algo lo llamaba a voltear su rostro, al hacerlo se encontró con quien él pensó debía ser un ángel.

Elizabeth bajaba las escaleras lentamente conteniendo la respiración en cada paso, así mismo se encontraba el joven, sintió como su corazón dejaba de latir por un momento, parpadeo rápidamente al mismo tiempo que sacudía su cabeza pensando que debía ser una alucinación; la vio acercarse sus ojos brillaban mas dorados que nunca, Alex sentía que el aire en la habitación no era suficiente, bebió el resto de su copa de un tirón, pensando que tal vez lo ayudaría y con eso ahogar sus nervios.

Se acerco hacia las escaleras a su encuentro, ella se encontraba frente a él sus miradas enganchadas y sus pulmones no podían contener suficiente aire para respirar de manera normal.

-Hola- dijo ella.

-Hola- respondió el. – me alegra que hayas podido asistir.

-Si, gracias por invitarme.

La conversación parecía tan normal, pero a la vez se podía sentir la tensión entre ambos jóvenes, era más que solo tensión ambos se encontraban muriendo de ganas de estar en los brazos del otro, se deseaban, se querían de eso ya no había duda pero ambos eran demasiado orgullosos para dar el primer paso.

-y gracias por la rosa- agrego ella- son mis flores favoritas.

-lo sé- dijo el dándole una pequeña mirada al resto de la habitación que se encontraba llena de las mismas rosas lilas que a ella tanto le gustaban.

Ella pareció notarlo por primera vez, sus ojos reflejaban sorpresa pero a la vez emoción.

-pero que…- no pudo terminar la oración.

-creí que te gustaría- explico él.

-gracias… es hermoso.

-Elizabeth- dijo el tornando su rostro serio.

-¿Si?- pregunto ella.

Abrió la boca para decirle lo mucho que la quería y que ya no aguantaba más un minuto sin ella, pero de su boca no salió una sola palabra.

-No... olvídalo- dijo él con un suspiro.

Ella lo miro por un momento y asintió con la cabeza. En lo que apareció Sasha tras ellos dándole un cálido abrazo a la joven.

-Hola empezábamos a pensar que no vendrías- le dijo- Alex...- iba a continuar diciéndole lo ansioso que había estado su amigo minutos atrás, pero este se le adelanto dándole una de sus miradas que decía que si hablaba estaría en problemas.
Por lo que ella guardo silencio.

En la habitación comenzó una canción lenta y romántica que Sasha pareció reconocer por completo.

-Oh... me encanta esta canción.- dijo tomando la mano de Bryan en quien Elizabeth no había reparado hasta el momento.- bailemos anda.

El tomo su mano con rostro algo serio pero juguetón y la llevo a la pista.

Se quedaron ahí Alex y Elizabeth intercambiando miradas entre ellos y los demás invitados que se dirigían a la pista.

Elizabeth se sorprendió inmensamente al ver como su compañero extendía su mano hacia ella.

-¿Bailas?

-mmm... yo...- dijo ella muy nerviosa, pero al mismo tiempo le dio su mano al joven quien la llevo con mucha delicadeza al centro de la pista.

Para el su toque era suave y sentía en su corazón como si sujetara su tesoro más preciado y para ella su mano era cálida, como si él la tocaba con el pétalo de una rosa.

La tomo con cariño acercándose a ella con una mano sostenía su mano y la otra la coloco suavemente sobre su espalda causando que la muchacha se estremeciera.
Dio un paso el que ella siguió con naturalidad, luego otro junto con el ritmo de la canción. Alex la miro a los ojos que brillaban, toda ella se veía hermosa, sus mejillas se enrojecían y no pudo evitar notar que el momento era especial, Ella lo sintió también ninguno se atrevió a decir nada para no arruinar el momento.
Bailaron lo que restaba de la canción hasta que Alex no pudo contenerse más y dijo:

-Te... ves... preciosa- dijo con su mirada perdida en los hermosos ojos de la muchacha.

-gracias- dijo ella suavemente- tu igual... te ves muy bien.

-lo lamento- dijo de repente- Se que he sido muy grosero contigo... es solo que no debería...- cayo.

-¿No deberías qué?- pregunto ella como invitándole a decir lo que hasta ahora no se había atrevido a expresar.

-Nada... olvídalo... es complicado.

-Complicado es lo que dicen los padres a los hijos cuando no quieren hablar un tema que es incomodo más que complicado.- dijo ella.

El la miro con ojos tristes, antes de perder el control se separo de ella y se fue. Dejándola sola y confundida en medio del salón.

Ella lo siguió con la mirada hasta que lo vio salir.

Alex se encontraba respirando con dificultad en la parte de afuera de la mansión, hacia frio pero al joven no parecía importarle; Estampo el puño con furia en la pared en señal de frustración. <<Tiene que odiarme>> Pensó para sí mismo <<Maldición es la única manera>>

Se quedo ahí ahogado en sus pensamientos sin notar una sombra, vestida de negro y un pasamontañas que se acercaba a el por detrás, cuando por fin lo vio, la sombra lo hizo caer al suelo. Alex se incorporo lo más rápido que pudo para hacerle frente, lanzo una patada con todas sus fuerzas, pero su contrincante era muy rápido, en su mente el joven pensó de quien podía tratarse y la primera que llego a su mente era aquella muchacha tan parecida a Elizabeth, ataco con todas sus fuerzas obligando a la sombra a retroceder, cuando encontró su mirada se desconcertó al notar que no eran

los ojos dorados que él esperaba encontrar, sino que eran de color violeta y brillaban con intensidad. <<Es un truco>> pensó. <<Tiene que ser ella>> lanzo un puñetazo, luego empujo la sombra hasta una pared tomándola por el cuello, le pareció que su cuello era más robusto de lo que pensaba, pero su contrincante no se dejo vencer y lo empujo con una pierna hacia atrás.
Se escucharon unos pasos que llegaban a toda velocidad hacia donde se encontraban combatiendo.
La sombra pareció escucharlos también porque después de lanzar una patada con todas sus fuerzas para derribar a Alex, corrió lejos del lugar hasta desaparecer en la oscuridad.

Era Jennifer quien se acercaba, al llegar vio a Alex en el suelo tratando de levantarse con gran esfuerzo sosteniendo con una mano la parte derecha de su abdomen donde la misteriosa sombra le había conectado la patada.

La joven lo ayudo sosteniéndolo de su brazo.

-¿Que fue lo que sucedió? Escuche algo y vine corriendo lo más pronto que pude.- dijo Jennifer.

-No lo sé- dijo el secamente.

Mientras tanto en el salón se encontraba Elizabeth confundida, al mismo tiempo que se le formaba un nudo en la garganta haciéndole imposible el contarle a Sasha quien se encontraba preguntándole desesperadamente el porqué Alex había salido tan de repente, lo que había pasado. Ambas se encontraban en el pie de las escaleras que llevaban al segundo piso.

-Liz por favor no me dejes así... ¿Qué sucedió?- preguntaba Sasha

-No lo sé... estábamos conversando y luego el dijo... y yo...- se corto tomando una copa de vio a toda velocidad.

Sasha iba a hacer otra pregunta cuando llego Jennifer agitada, rápidamente saludo a Elizabeth y luego se volteo hacia su compañera, se acerco y le susurro algo al oído.

Sasha casi deja caer la copa que sostenía en su mano.

-¿Que dices?-pregunto.

Jennifer solo asintió un par de veces con la cabeza, por lo que Sasha lo hizo también. Ambas corrieron hacia la parte de afuera de la mansión dejando a Elizabeth sola una vez más.

<< ¿Qué rayos pasa aquí?>> pensó Elizabeth.

Al pensar esto se percato de alguien que se encontraba tras de ella y la miraba levantando una ceja, junto con una pequeña sonrisa.

-¿Qué haces aquí tan sola?- Pregunto Oliver tras ella.
Ella volteo lentamente encontrando los ojos azules del joven.

-ah... yo...- no supo cómo explicar el porqué sus amigos la habían abandonado así tan de repente.

-No importa- dijo él. – Porque para mí beneficio, no hay nadie por quien no puedas bailar conmigo.- continuo extendiendo su mano a la muchacha.

Ella lo miro y en sus ojos había algo que la hacía sentir escalofrió; noto que había en Oliver algo diferente, algo que le asustaba.
Lo miro con cautela, y recordó que si Alex no la hubiera dejado sola ella no estaría en aquella situación, por lo que sin una palabra tomo la mano que le ofrecía el joven y camino con él hasta el centro de la pista.
Bailaban un vals que para Elizabeth no era tan especial como el que había bailado junto a Alex. Sentía afecto por Oliver después de todo había pasado buenos momentos con él, pero el joven no le producía las mismas emociones que le hacía sentir Alex y el tenerlo cerca tampoco era lo mismo. Además no podía ignorar el cambio que había en el muchacho era muy diferente y oscuro.

Alex se encontró con Jennifer y Sasha quienes corrían a toda velocidad para alcanzarlo.

-¿Que sucedió?- pregunto Sasha.

-Alguien me ha atacado -Respondió Alex como si no fuera obvio-Y estoy seguro que el que lo hizo no anda exactamente tras de mi... Sino de ella.

-Alex protegerla es tu trabajo y no lo estás haciendo tan bien como todos esperábamos, les permitiste acercarse.- Le reclamo la joven.

-no me provoques Sasha. Acaso crees que yo lo planee.- dijo Alex obviamente molesto y ofendido, pero en el fondo de su voz se podía palpar la desesperación y el miedo que sentía de que algo pudiera ocurrirle a Elizabeth.

-Ya basta- interrumpió Jennifer- Este no es momento de reclamos tenemos que hacer algo... Además Sasha no seas injusta, sabes que ni tú ni yo habríamos protegido a la princesa como lo ha hecho Alex.

Sasha puso cara de que comprendía que así era, pero todos sabían también que la situación se había salido demasiado de su control.

-Parece que ya es momento de intervenir- dijo una voz tras ellos.

Los tres jóvenes voltearon como si alguien los hubiera pinchado, frente a ellos se hallaba una mujer joven como de unos treinta años, la joven era alta, de tez blanca; su cabello caía como cascadas sobre su espalda, era oscuro y tenía unos hermosos ojos castaños.

-Su majestad- dijo Jennifer de repente, muy sorprendida.

Los ojos de los tres jóvenes estaban tan abiertos por la sorpresa que parecía que iban a salirse en cualquier momento.

-¿Que sucede con ustedes que no deberían estar junto a la princesa cuidando de ella?- dijo la hermosa joven.

-Su majestad algo ha ocurrido, nuestros enemigos se encuentran aquí; no sabemos cómo han logrado llegar a través de nosotros sin que supiéramos nada. Han atacado a Alex y creemos que están tras de la princesa- dijo Jennifer agachando la cabeza en señal de respeto y sumisión.

-Y ¿Dónde está la princesa ahora? dices que corre peligro no se supone que sus guardianes deberían estar con ella, en lugar de estar aqui discutiendo. ¿Quién de ustedes me puede decir donde está en este momento?

Los tres jóvenes se miraron entre sí, reconociendo que no había nadie cuidando de Elizabeth por lo que los tres corrieron dentro de la mansión a toda velocidad.

Bailaron un rato mas hasta que Elizabeth se detuvo.

-Lo siento pero necesito un poco de aire.

-Te acompaño- dijo Oliver, pero no era una pregunta.

-No gracias estoy bien- dijo la joven tratando de soltar su mano de la de Oliver sin lograr conseguirlo.

-Dije que yo te acompaño.-dijo el poniéndose serio.

-No suéltame.

Por más que Elizabeth lo intentaba no lograba soltarse de la mano de Oliver quien la apretaba tan fuerte que creyó que iba a quebrar los huesos de su muñeca.

-Oliver me estás haciendo daño. Suéltame.-dijo ya en un tono más fuerte.

De repente un joven tras ellos coloca una mano sobre la de Oliver.

-Que no escuchaste a la señorita. Quiere que la sueltes.
Elizabeth pensó por un momento que se trataba de Alex, y agradeció su presencia; hasta que volteo y se encontró con unos ojos color café y gafas.
Era Bryan el misterioso compañero de laboratorio de Sasha, el que ya una vez le había advertido que no se acercara a Oliver.

-No te entrometas- dijo Oliver.

-No me gusta cuando alguien es descortés con una dama en mi presencia- dijo Bryan, cuando Elizabeth bajo su mirada vio en la mano del joven un anillo que relucía en su dedo anular, era muy parecido al anillo que siempre había visto en Alex, era la única joya que el usaba, por lo que ella había creído que era algo importante, pero que Bryan tuviera uno igual le parecía muy raro.

El rostro de Oliver pareció tranquilizarse un poco, pero aun se mostraba serio, lo que a la joven la hizo pensar a que se debía el cambio de su amigo, estaba muy acostumbrada a verlo con una de esas sonrisas amistosas o bien las que usaba cuando le insinuaba algo romántico.

El joven soltó su mano y con una última mirada molesta retrocedió y se fue, dejando una marca roja donde había estado su mano antes, tanto que podía verse la figura de sus dedos.

-Gracias- dijo Elizabeth a Bryan, sobando su muñeca.

-No hay de qué. ¿Te encuentras bien?- pregunto él en el mismo tono aburrido y simple de siempre.

Elizabeth asintió con la cabeza.

Alex, Sasha y Jennifer llegaron rápidamente a donde se encontraban los jóvenes.

-Vi eso ¿Qué paso? ¿Estas bien?- pregunto Alex muy preocupado.

-Si...- lo tranquilizo ella.- Por suerte Bryan estaba aquí.

-Lo lamento- dijo él.

-no hay problema.
Elizabeth estaba a punto de explotar y preguntar a todos que era lo que estaba sucediendo, pero se contuvo prometiéndose a sí misma que lo averiguaría, después de todo estaba en la que era la casa de Alex ahí podría encontrar información valiosa que le fuera de utilidad para resolver todo este misterio.

Alex quien se encontraba muy preocupado por Elizabeth la miraba de arriba hacia abajo en busca de algún rasguño, cuando por el rabillo del ojo vio una figura esbelta y hermosa junto a una mesa, con una máscara dorada; la reconoció enseguida, se trataba de su enemiga, la que él creía lo había atacado hace solo un momento, si ella se encontraba ahí estaba seguro que había sido ella momentos atrás.

# Capitulo Trece
## Tango

-Disculpen- dijo Alex- Necesito beber algo- Y con eso se alejo a la mesa donde se encontraba la joven.

Al ver que el muchacho se alejaba Elizabeth pensó que no tendría otra oportunidad como esa, así que espero unos momentos a que Alex se alejara.

-Sasha disculpa. ¿Dónde está el baño?- Pregunto a su amiga con discreción.

-Arriba- respondió la joven- Vamos te acompaño.

-¡No!- casi grito Elizabeth- digo... no es necesario, yo voy sola.

Sasha la miro por un momento hasta que dijo por fin.

-Está bien, aquí te espero.

La muchacha asintió con la cabeza y se fue lentamente escaleras arriba en busca de respuestas.

Alex se coloco tras la muchacha, muy cerca de ella para que nadie más escuchara lo que iba a decirle, ella pareció percatarse de él ya que no se sorprendió en lo absoluto cuando lo escucho decir a su oído.

-¿Cómo haz entrado sin invitación?

Ella suspiro.

-¿Quien dice que no la tengo?... deberías ser más cuidadoso. Tu seguridad es un asco.- dijo ella tranquilamente.

-Déjame arreglar eso.- le dijo el también con mucha tranquilidad.- Ni siquiera voy a preguntarte que haces aquí porque eso ya lo sé. Lo que si me gustaría saber es ¿Cómo pensabas acercarte a ella sin ser vista?

-¿Quién dijo algo sobre no ser vista? Simplemente tenía que pasar por los obstáculos primero.- dijo ella con cierta guasa en su voz.

-Te crees muy lista ¿no es así?

Ella simplemente sonrió.

-Ya basta de juegos- dijo Alex perdiendo la paciencia.
Un par de jóvenes que se encontraban junto a ellos voltearon su cabeza, al escuchar la voz del joven elevarse.

-shhh... oye no querrás crear una escena... ¿o sí?-dijo ella con una pequeña sonrisa.

Alex se tomo un minuto para escanear la habitación; sus ojos se detuvieron en la que era la biblioteca de la casa, sus puertas se encontraban cerradas pero ese sería un buen lugar para acabar con la joven que amenazaba la vida de Elizabeth. <<Si tan solo hubiera una forma de llevarla ahí>> pensó. Cuando tuvo una grandiosa idea, necesitaba un lugar donde pudiera hablar a solas con ella o uno donde la música llegara más alto. Así que tomo la decisión y alzo una mano ofreciéndosela a la joven sin separarse de ella ni un segundo.

-¿bailas?- le dijo al oído.

Un gesto de confusión paso por su rostro pero fue tan breve que el joven no se percato de ello.

-¿De verdad crees que soy estúpida?... ¿Qué planeas?- dijo ella con curiosidad.

-Pues no tienes mucha opción dado a que yo tengo algo que tú quieres.-contraataco él.

-y también crees que soy ingenua- afirmo ella- Jamás me entregarías por voluntad lo que quiero.

-Podemos negociar.

Ella sabía de sobra que no había nada que negociar, el jamás le entregaría a Elizabeth la única manera era matarlo, y aunque sabía que el joven tramaba algo esta era su oportunidad de acabar con su vida.

Sin una palabra más tomo con gran delicadeza la mano que le ofrecía el joven, la apretó tan fuerte que hizo a la muchacha hacer un gesto de dolor, luego la guio suavemente hasta la pista de baile.

Al llegar al lugar que él había elegido, arrastro a la muchacha hacia él con una fuerza impresionante, con la intensión de lastimarla; al tenerla frente a él observo cómo lo miraba con ojos llenos de enojo y advertencia, el joven le sonrió y tomo su mano derecha y coloco su mano libre con delicadeza en la espalda de Cally, ella en cambio con suavidad puso su mano en el hombro de Alex; el aun sosteniéndola muy cerca dio un paso y ambos comenzaron a bailar. Sonaba un tango era un baile que ambos parecían conocer muy bien ya que ejecutaban los pasos con infinita gracia y elegancia.

-¿Vas a decirme tu plan?-dijo él con voz suave.

-No sueñes- dijo ella con el mismo tono de voz.

Cualquiera que los veía no sospechaba ni por un momento que eran enemigos y que ambos querían matarse sino que solo miraban a una pareja y pensaban en que se veían muy bien juntos.

Alex guio a la muchacha en una vuelta, sin que ella pudiera hacer nada para evitarlo la estampo en una de las columnas que sostenían en pie al salón, ella entrecerró los ojos, sin hacer nada mas ya que estaban rodeados de gente, pero no se preocupaba de todas maneras ya se vengaría después, el joven la tomo nuevamente y continuaron su baile.

-¿aun no quieres hablar?-le pregunto él.

-¿Sabes? golpeas como niña.- le respondió ella

En un paso de tango enredo una pierna en la del muchacho dio una vuelta y golpeo con su mano el rostro del joven, luego mostro la misma sonrisa que el uso para ella y una vez más tomaron la postura de baile.
Siguieron dando pasos hasta que se acercaron a otra de las columnas del salón cuando ya estaban cerca el la sujeto con velocidad por la cintura empujándola para que su espalda golpeara el concreto con gran fuerza.
Luego con rapidez la tomo de nuevo y la acerco a él.

-¿Sabes que podría matarte por esto?- dijo ella con enojo en la voz.

-No querrás hacer una escena- afirmo él, imitando el tono en que la muchacha habia mencionado estas mismas palabras minutos antes.

-No cuentes con ello- dijo ella empujándolo hacia atrás, por lo que Alex respondió a gran velocidad haciéndola dar una vuelta y trayéndola hacia si en un paso de tango que termino en ellos a pocos centímetros el uno del otro, el sostenía la pierna de la muchacha y con su otra mano su espalda.

-Ya me canse de juegos- dijo el muy serio.

Estaban tan cerca que Cally podía sentir la respiración del muchacho y el la de ella.

-Para mí en cambio apenas comienza- dijo ella en el mismo tono.

El tomo la mano de la joven que se sostenía de su cuello, cuando dijo a su oído:

-Es tiempo del gran final.- dijo.

Lanzando a la muchacha con gran velocidad hacia las puertas de la biblioteca que se abrieron de inmediato por la fuerza con la que fue lanzada.

Cayó al suelo dentro de la biblioteca, levanto lentamente su cabeza, y vio como Alex se adentraba en la habitación cerrando la puerta tras él. Se acerco a una de las paredes y bajo de ella una espada que se encontraba ahí como decoración pero que al mismo tiempo destilaba un brillo en el filo de la misma.

Cally se puso de pie y en posición de ataque, rompió la parte baja de su vestido para darle más movilidad a sus piernas, ella estaba dispuesta a contraatacar sin importar que él estuviera armado y ella no.

El hizo un movimiento de muñeca colocando la espada a un lado de su cuerpo en señal de amenaza.

-Ya basta- dijo el.- Sera mejor que no te resistas y te matare rápidamente.

-Crees que podrás siquiera tocarme con eso ¿eh?- respondió ella con determinación en la mirada- El que saldrá de aquí en un ataúd serás tú.

Alex corrió hacia ella con la espada lista para atacar, y cuando la tuvo cerca así lo hizo. Era rápido pero ella también y logro esquivarle. El joven lo intento otra vez, pero ella cogió una laptop que se encontraba sobre un escritorio y la interpuso entre ellos, cayo al suelo quebrándose en mil pedazos.
Ahora ataco ella lanzando una patada tan fuerte hacia la mano del joven que lo hizo perder el arma que cayó al otro lado de la habitación, por lo que ahora el combate seria cuerpo a cuerpo.
Con un movimiento rápido Cally lanzo un puño hacia la cara del joven pero él la detuvo cogiéndola por la muñeca, ella trato con su otra mano, pero él otra vez fue más rápido, así sosteniendo ambas manos la estrello contra la pared que estaba tras de ellos, golpeando su cabeza en el impacto la joven casi perdio la conciencia, pero se recupero sin poder soltarse libre.

-¿Que es lo que quieres en realidad?-dijo Alex con furia- ¿Quieres el medallón o a Elizabeth?

-Ambos... el medallón lo necesito- dijo ella- ella solo es parte de la diversión.

Esto hizo enojar más al joven quien la apretó con más fuerza.

-Sabias que tenias que pasar por mí para llegar a ella- entendió el- Por eso me haz sorprendido cuando estaba fuera distraído y me atacaste.

-¿De qué hablas? Yo no me he acercado a ti en toda la noche, fuiste tú quien me busco...

Alex se sorprendió al escuchar esto ¿Quién si no ella lo había atacado antes cuando salió a tomar aire?

-Espera un momento... parece que alguien mas esta tras tu querida Elizabeth.-dijo ella con una sonrisa.

-No trates de engañarme, no voy a caer en una más de tus mentiras.- dijo con enojo.

-me siento traicionada... creí que era tu única enemiga, pero ya veo que no. Al menos parezco ser tu favorita.

-Si tú no me atacaste antes ¿Quién ?... ¡contesta!- Le grito golpeándola contra la pared una vez más.

-Escucha una cosa- le dijo ella quien ya había perdido la paciencia- Puedes estar seguro que no fui yo, si se tratara de de mi, no habría intentado matarte... Lo habría hecho- le dijo, luego golpeo su cabeza con la del muchacho haciéndolo perder el balance y consiguiendo salir libre, lanzo una patada a su estomago y lo hizo doblarse del dolor, con un pensamiento hizo que la espada cayera en su mano, lanzo un puñetazo a Alex haciéndolo caer de bruces al suelo, con rapidez tomo una de sus manos y la doblo sobre su espalda en una llave, lo tenía contra el suelo sin poder moverse, el lo intento pero le era imposible.

-Bueno guapo...- dijo ella en su oído- fue un gusto conocerte, pero ahora ya perdí demasiado tiempo contigo y necesito ir por el medallón. Espero que te vayas al infierno.

-No tienes tanta suerte- le dijo él quien se las arreglo para moverse dando vuelta a su cuerpo, rodo por el suelo junto con ella, sosteniéndola una vez más por las muñecas haciéndola soltar el arma, y quedando sobre ella sus labios a pocos centímetros. Sus ojos se encontraron y el no pudo evitar sentir como algo invadía su mente, era algo frio y no podía rehusarse, segundos después pensó en Elizabeth y sintió como ella estaba tan cerca de él, quería besarla, no lo soporto mas y se acerco poco a poco, estaba tan cerca de ella.
Cuando entendió que no era ella, no encontraba su aroma ni la calidez de su piel por el contrario, la persona que estaba frente a él era fría y sus ojos no mostraban aquella mirada dulce que el amaba tanto, los ojos frente a él eran fríos y calculadores.

Cuando cayó en la cuenta sacudió su cabeza y se separo de golpe. Vio el gesto sorprendido de la joven que no comprendía como su poder mental no había podido vencer la mente del joven.

Alguien entro de golpe por una de las ventanas quebrándola en mil pedazos, era Demian quien portaba la espada que pertenecía a Cally.

La sorpresa hizo a Alex perder la concentración por lo que la joven pudo soltarse libre. Los dos jóvenes se miraron y ambos parecieron reconocerse, se quedaron así por unos segundos.

-Demian- le grito la joven haciéndolo volver a la escena.

Demian lanzo la espada justo a la mano de la muchacha, quien de inmediato lanzo un golpe hacia su contrincante, este se movió apenas hacia un lado esquivando el golpe pero no del todo su filo había alcanzado su brazo derecho que comenzó a sangrar casi de inmediato.
Cuando ya iba a lanzar la estocada final escucharon unos golpes que amenazaban con derribar la puerta por lo que

Demian tomo del brazo de la princesa y la hizo salir por la misma ventana por donde había llegado, lograron escapar justo en el momento en que se abrió la puerta de golpe mostrando a los amigos del joven dispuestos a ayudarle.

# Capitulo Catorce
## Secretos y viejos amigos

Se encontró en una habitación oscura vio una lámpara sobre una mesa de madera muy elegante la prendió y se ilumino el cuarto con una luz tenue pero agradable a la vista, la joven regreso a cerrar la puerta y escaneo la habitación quedando sorprendida y maravillada al mismo tiempo.

En la habitación había estantes llenos de libros, el suelo era de madera de roble, todo muy delicado y extremadamente organizado.

Elizabeth noto que estaba perdiendo demasiado tiempo apreciando la habitación, no tenía mucho tiempo y sin importar lo que fuera a encontrar tenía que descubrir que estaba pasando no solo con ella pero, con sus amigos, en su familia, con Alex.

Camino hasta el escritorio y vio que sobre él se encontraba una computadora portátil, también varios papeles y una fotografia. La joven noto que en la imagen se encontraba Alex junto a su padre de pesca; pero lo que llamo mas su atención era que el joven estaba sonriendo, era una sonrisa real, se le veía

verdaderamente feliz. Sabía que la muerte del padre de Alex aun era reciente y que el muchacho todavía no lo había superado, pero había algo mas detrás de todo era como si desde ese día le hubieran robado la alegría de ser joven.
Como si con Jonathan se hubiera ido parte de su hijo también.

Sacudió la cabeza tratando de concentrarse y tomo los papeles que se encontraban sobre la mesa paso uno tras otro pero no encontró nada que hablara de ella o su padre, ni tampoco del mismo Alex, aquella no era más que información de la compañía.
Trato de abrir el primer cajón pero estaba cerrado con llave, abrió el segundo revolviendo los papeles al mismo tiempo que les echaba un vistazo, pero aun no había nada relevante.
Hasta que abrió el cuarto cajón ahí encontró varios papeles que hablaban de ella y de Alex, todos con información de los pagos del instituto de ambos cifras que hablaban de miles de dólares. Pero aun nada que pareciera extraño.

Estaba a punto de darse por vencida cuando vio que en los estantes perfectamente ordenados hacía falta un libro y tras de ese espacio una pequeña abertura que apenas y se veía, Elizabeth se acerco y quito un par de libros cuando se encontró con un cajón pequeño, le llamo la atención ya que de no contener nada importante no estaría tan bien escondido; lo abrió y dentro se encontró con una pequeña llave, de inmediato supuso que era para el primer cajón que se encontraba con seguro, la tomo y lo abrió.

Para su sorpresa los papeles que se encontraban ahí eran los de la herencia que el señor Leroy había dejado a su hijo saco un folder tras otro, habían fotografías de ambos, pero nada extraño, cuando ya se encontraba poniendo los papeles en su lugar cayó una carta, parecía común y corriente se encontraba en un sobre blanco y en la parte del frente decía: Para mi amado hijo Alexander Leroy.

Elizabeth sabía que no era correcto leer la carta, pero gano su curiosidad por aquel joven que a pesar de todo y secretamente ella quería profundamente.

Así que con mucho cuidado de no hacer ruido saco la carta del sobre y comenzó a leerla.

Querido hijo:

En el momento que leas esto es porque ya no me encuentro a tu lado, lamento mucho tener que dejarte tan joven, pero cada cosa pasa por un motivo.

Quiero que sepas que te amo mucho y que tú siempre fuiste mi razón para seguir adelante, recordaba aquellos paseos y excursiones que nos gustaba tanto hacer juntos, ahí es donde quiero que me recuerdes, en los momentos donde yo era más feliz.

Te amo hijo mío y es porque te amo tanto que odio poner en tus hombros una carga tan pesada y difícil de llevar, pero no confió en nadie más que en ti para llevarla a cabo; debes proteger con tu vida si es necesario a la princesa Elizabeth, recuerda que es la única heredera al trono, ella es la última descendiente de la rama principal de la familia Delorme, necesita tu

protección. Su magia es la única esperanza que hay para despertar la luz de Shalon y asi liberar a nuestro pueblo de la oscuridad.
Cuando nos hicimos miembros de los guardianes de la luz hicimos la promesa de cuidar a esa familia sin importar si moríamos en el intento, yo luche por ella hasta el final y por más que me gustaría que disfrutaras tu vida, es tu turno de luchar en mi lugar, hazlo con la esperanza de que un día veras Shalon de nuevo, nuestro mundo te necesita y necesita de la princesa.
También debes buscar a la Reina Neliana se encuentra en la tierra, y sabrá que hacer. Yo estare contigo en cada uno de tus pasos.
Te amo hijo cuídate mucho, y lucha por lo que quieres lucha por aquello que vale la pena.

Tu padre Jonathan.

Al leer esto Elizabeth sintió que le faltaba el aire, que la habitación se hacía cada vez más pequeña, encerrándola. Su cuerpo temblaba con violencia la impresión era tan
grande que aun no podía creer lo que ahora sabia, aquello significaba que todo lo que ella conocía de su vida era mentira, que todas las personas a su alrededor le habían engañado, pero al mismo tiempo aquello le daba sentido a tantas cosas, debía ser un sueño, una pesadilla, trato de evitar que las lagrimas cayeran por sus ojos pero no lo consiguió, dio pequeños y suaves

golpes sobre su cara con la intensión de despertarse pero no había nada que pudiera hacer para ignorar la verdad que ahora sabia. Se sentó en el suelo apoyando su espalda en el estante de los libros enrollo sus brazos a sus rodillas como una niña asustada y lloro.

En la biblioteca se encontraba Alex, sostenía la herida de su brazo, frente a el Sasha, Jennifer, Bryan y Neliana esperaban una explicación de lo que había sucedido dentro de la habitación, pero Alex tenia cosas más importantes que hacer ahora que sabía que había otro enemigo tras de Elizabeth.

-¿Dónde está?-dijo con desesperación.- ¿Dónde está Elizabeth?

-Hace mucho rato dijo que necesitaba ir al tocador ¿Por qué?- respondió Sasha.

-Búsquenla y quédense con ella protéjanla- les ordeno Alex.

-¿Y tú que harás?- le pregunto Jennifer.- ¿A dónde vas? Estas herido.

-Tengo que buscar a la chica, tiene algunas respuestas que darme.- dijo saliendo de la habitación como rayo. Ya en el garaje subió a su auto, el flamante Subaru de color azul y salió de la mansión en busca de las respuestas que tanto necesitaba.

-Creo que estamos fuera de peligro- dijo Cally desde atrás de unos árboles a unos cuantos metros lejos de la mansión.

-Yo no estaría tan seguro de eso- le dijo Demian algo preocupado.- Se trataba de Alexander.

-¿Lo conoces?- le pregunto Cally con gran curiosidad.
- ¿Qué si le conozco?... por supuesto que le conozco, es el único hijo del que fue mi maestro Jonathan Leroy, y también fuimos compañeros cuando solamente éramos aprendices en la academia de guardianes.-Le conto- Era uno de los mejores, ambos lo éramos, solíamos llevarnos bien tenía talento, luego fuimos creciendo y nuestros superiores comenzaron a tomarnos en cuenta cuando teníamos solamente ocho años fuimos escogidos para formar parte de un grupo especial nos llamaban "Los guardianes de la luz" éramos un grupo de ocho guardianes reales y nuestra misión más importante era la de cuidar de la familia Delorme de todos y cada uno de ellos pero fuimos creados para proteger a la Reina Heidi, tu madre.

-Ya veo...- se interrumpió cuando escucho un auto que llegaba a toda velocidad pareció notar su presencia porque el auto parecía dirigirse directamente hacia ellos.

-Vete de aquí es el- le dijo Demian- yo lo distraeré pero tú necesitas salir de aquí en este momento.

-No voy a dejarte, si hay que luchar lo haremos juntos.

Demian sintió su corazón derretirse a las palabras de la muchacha pero por mas que no quisiera separarse de ella tenía que hacerlo, no iba a exponerla al peligro por su capricho de tenerla cerca.

-No, ni lo sueñes-le dijo entregándole una vez más la espada- vete ponte a salvo, te alcanzare después lo prometo.

Ella lo pensó un momento y luego asintió con la cabeza.

-Está bien... pero recuerda algo...
-¿Que?- le pregunto él.

-Ya lo haz prometido- le dijo ella.

Demian no lo pudo evitar más y se acerco a ella dándole un beso en su frente, luego la observo hasta que desapareció entre los árboles, salió al medio de la carretera cuando vio venir un auto en su dirección.

El auto se detuvo a pocos centímetros del joven, la puerta del conductor se abrió y de ahí salió Alex con una expresión indescifrable, una expresión que decía que estaba dispuesto a todo

Llegaron Sasha y sus compañeros, al segundo piso de la mansión, Neliana había preferido quedarse abajo para no asustar a la joven ya que ella aun no la conocía. La muchacha camino hasta el baño que se encontraba en el fondo del pasillo, llamo varias veces a la puerta pero nadie respondía.

-Elizabeth- llamo- soy yo Sasha abre la puerta ¿si?... Elizabeth.

No hubo respuesta.

-¿Qué pasa?-pregunto Jennifer.- antes haz dicho que estaba aquí.

-Eso fue lo que me dijo, pregunto dónde estaba el baño.- dijo Sasha preocupada.

-¿Crees que alguien pudo raptarla?- pregunto Bryan quien había permanecido en silencio como era su costumbre.
-No, ni lo digas.

-Elizabeth- dijo una vez más.

-Ya basta está claro que no se encuentra aquí-dijo Jennifer.

-Tenemos que encontrarla, será mejor que nos separemos- dijo Jennifer- hay que buscarla en cada habitación de la casa, así nos lleve toda la noche.

Sus compañeros asintieron con la cabeza y a la vez todos se separaron para buscarla.

Sasha no había ido lejos, cuando escucho un suave llanto salir por la puerta del despacho que había pertenecido a Jonathan.

-Elizabeth- llamo.- Eres tú.

La joven se levanto de un salto y corrió hacia la puerta para cerrarla con llave.

-Largo... ¡vete déjame sola!-grito desde el otro lado de la puerta Elizabeth.

-Elizabeth ¿Qué sucede?- pregunto Sasha- abre la puerta soy yo Sasha.

-Lárgate... me engañaron, todos ustedes me engañaron.

-¿De qué hablas?

-Me han mentido... creí que por fin había encontrado amigos... ¡creí que tú eras mi amiga!... pero eres igual a los demás... ¡son todos unos mentirosos!- dijo Elizabeth llorando y gritando a la misma vez.

-Lo siento, pero en realidad no comprendo... dime ¿Qué está pasando?

Corriendo llegaron Jennifer y Bryan después de escuchar los gritos de la joven, al llegar y ver la escena ambos miraron a Sasha preocupados y al mismo tiempo pidiendo una explicación. Sasha sacudió su cabeza sin comprender bien que estaba pasando y porque Elizabeth parecía tan dolida y molesta.

-¿Por qué no derribas la puerta?- pregunto Bryan.

-¿Qué quieres matarla del susto?- pregunto Sasha molesta- por supuesto que no.

-Entonces hay que comunicarse con Alex lo más pronto posible, él sabrá que hacer- sugirió Jennifer.

-Esa idea sí que la apoyo- dijo Sasha.- Bryan préstame tu teléfono.

Este saco el celular de su bolsa para después entregárselo a su compañera, quien de inmediato le marco a su amigo sabiendo los números de memoria; llevo el teléfono a su oído y espero por un rato.

-No responde- dijo al fin- solo la contestadora.
Espero un momento más y le dejo un mensaje de voz:

-Alex es urgente llámame en cuanto escuches este mensaje.

Cerró el teléfono de golpe con obvia frustración.
-¿Qué hacemos ahora?- pregunto.

-No podemos hacer nada más que esperar a que devuelva la llamada- dijo Jennifer con un suspiro lleno de preocupación- Ella no abrirá la puerta. No importa cuánto se lo pidamos, habrá que esperar a Alex, él sabrá convencerla.
Sasha asintió con la cabeza recostando su espalda contra la pared, los demás imitaron su gesto y se quedaron a esperar noticias de su amigo.

Alex y Demian se encontraban frente a frente intercambiando miradas desafiantes. Ninguno pensó que

su reencuentro seria de aquella manera, no después de haber sido amigos en la infancia cuando ambos asistían a la academia de guardianes.
-Y bien- dijo Demian- ¿me buscabas por una razón O solo querías acabar conmigo?

-¿Qué haces con ella?- pregunto el Joven- había escuchado rumores, pero nunca... nunca pensé que fueran ciertos.

-Es mi deber estar con ella. Tú en cambio quieres matarla, alguien ha roto la promesa que hicimos al formar parte de los guardianes de la luz.

-¿De qué hablas?-pregunto Alex sin mostrar su desconcierto, como se atrevía Demian a traer el tema de la promesa que hablaba de proteger a la familia real cuando él en aquel momento estaba conspirando con el enemigo; con el mismo enemigo que quería acabar con la vida de la princesa- Tu eres el único que parece haber olvidado la promesa.

-Yo seguí a mi princesa, sin importar de qué lado se encontraba - espeto Demian.

Alex no podía creer lo que estaba escuchando, ni entendía porque Demian decía aquellas cosas, el joven no podía sentirse más confundido de lo que ahora estaba.

-Hace mucho que no escuchaba nada de ti- dijo Alex- ahora entiendo la razón...

-Tu no entiendes nada- lo interrumpió Demian.-No pareces ser el mismo que solías ser, aquel guardián que aunque solo era un niño era fuerte y valiente que estaba dispuesto a darlo todo por sus ideales y por cumplir sus deberes.
-Tu- dijo Alex perdiendo la paciencia- Tú de todos, ¿me hablas de moral? ¿De ideales?... dime ¿Qué paso con los tuyos? ¿Los perdiste en alguna parte? Eres tu el que está del lado del enemigo ¿recuerdas?

-Escucha, sé que no parece una excusa y no me interesa si estás de acuerdo o no... Pero si mi princesa está del lado oscuro... ahí es donde estaré yo también.

-¿Tu princesa?- pregunto Alex. -Tu princesa casi muere hoy, porque una usurpadora con su mismo rostro trato de matarme ¿que no ves que yo estoy dispuesto a dar mi vida? pero si tengo que morir lo hare por la verdadera princesa de Shalon... por Elizabeth.

-¿Qué haz dicho?-pregunto Demian abriendo los ojos por la sorpresa.- ¿La verdadera princesa de Shalon? No puede ser- dijo como para sí mismo- estaba frente a mi todo este tiempo ¿Cómo no pude verlo?... pero claro eso lo explica todo.

Alex entrecerró los ojos, si antes pensaba que no podía sentirse mas confundido estaba equivocado.

-dime ¿Por qué estas tan seguro, de que ella es la verdadera princesa?- pregunto Demian.

-Mi padre estuvo con ella toda su vida, descubrió que la misma Reina Heidi se la entrego al hombre que ahora es su padre minutos después de nacer, al mismo tiempo que le entrego una parte del medallón mágico.

-¡Demonios! -exclamo Demian molesto- ¿Qué hemos estado haciendo todo este tiempo?

-Querrás decir ¿Qué has estado haciendo tu todo este tiempo?- le pregunto Alex.

-No, no, no. ¿Qué no ves?... Abre los ojos Alex da te cuenta que ambos estábamos en el lado correcto, y al mismo tiempo por ignorar la otra parte en el equivocado.

-Ya basta- exclamo Alex- Habla claro de una vez por todas.

-Elizabeth y Cally son las dos por derecho princesas de Shalon- dijo Demian sin titubear ni un momento, ya no tenía dudas, ahora por primera vez en mucho tiempo estaba seguro de lo que estaba diciendo.- porque también ambas... son hermanas.

Al escuchar esto Alex sintió desmayarse, eso le parecía absurdo, pero en el fondo de su corazón sabía que Demian tenía razón, eso le daba un sentido a todo; al que ambas chicas se parecieran tanto, al que ambas portaran una mitad del medallón mágico, y también el que aquel leal guardián que había sido su amigo en la niñez estuviera del lado enemigo.
Cada pieza encajaba a la perfección.

-No puede ser- titubeo Alex a media voz.- no puede ser esto tiene que ser una broma, una mentira lo que sea no puede ser verdad, ellas no pueden ser hermanas.

-¿Ha si? piénsalo bien Alex, ambas tienen la misma edad, ¿Cómo explicarías sino su parecido? ¿Y el que ambas posean parte de la llave?- era como si Demian leyera sus pensamientos.- además ¿Cómo explicas que Cally posea el poder mental que solo le pertenecía a los miembros de la familia real?...

-¿Que?- lo interrumpió Alex- La chica posee el poder de compulsión.

-Si... Y es muy buena en ello- dijo Demian con una pequeña sonrisa.
Alex apenas y podía respirar, sus manos temblaban violentamente, y por su cuerpo pasaba un frio que cortaba su voz.

-Pero si ella es una Delorme ¿Qué hace con Yiran?... Pude haberla matado.

-Yiran tiene todo el derecho... por más que odie admitirlo- respondió el joven.

-No me digas... que...
-Si Yiran es su Tío. Es su familia, si se le puede llamar de esa forma.

-Oh rayos- dijo Alex pasando una mano por su cabello- esta es mas información de la que puedo soportar.

-Lo sé... yo por alguna razón lo sospechaba, pero descartaba la idea al instante, no puedo creer que todo era verdad. Lo que significa otra cosa importante.
Alex levanto una ceja en gesto de pregunta.

-Que Cally no está segura, si todo esto es verdad significa que Yiran le ha mentido todo este tiempo, lo cual honestamente no me sorprende. El dijo que la encontró cuando solo era una niña, pero por lo que me he dado cuenta parece más que la robo para separarla de su familia, la ha engañado diciéndole que ella es la única sobreviviente de su familia, que no queda nadie más, solo ella.

-Si Cally o como quiera que se llame es una princesa y está en peligro, tienes que sacarla de ahí.

-Lo sé. Yo la mantendré a salvo, hablare con ella le diré toda la verdad, estará bien lo prometo- dijo el- mientras tanto tu protege a Elizabeth como hasta ahora, ya llegara el momento de que ellas se encuentren, luego veremos qué pasa.

-Bien.

En el momento que ambos iban a tomar su camino, Alex escucho su celular sonar dentro del auto fue por él y lo contesto de inmediato al ver que se trataba de Sasha.

-Bueno.

Ella pareció responder con voz frenética del otro lado.

-No lo escuche, estaba... muy ocupado- dijo el mirando a Demian- ¿Qué?... ¿Qué le sucede?

Demian entendió por el rostro del joven que se trataba de Elizabeth algo estaba pasando con ella.

-¿Cómo que no sabes que le pasa?... tranquila voy para allá, estaré ahí en un momento.

Colgó el teléfono y coloco ambos puños sobre la parte delantera de su auto, agacho la cabeza y maldijo por lo bajo.

-¿Qué pasa?- pregunto Demian.

-Es Elizabeth... está encerrada en una habitación y no quiere abrir la puerta- explico- por lo que Sasha me informa, parece ser que se entero de algo. Tengo que irme ya, pero tú recuerda lo que hablamos.

-Claro-dijo Demian.

Y con eso Alex entro a su auto, lo puso en marcha y salió a toda velocidad de vuelta a la mansión.

# Capitulo Quince
## Origen

Corrió hacia las escaleras donde se encontró con Jacqueline quien lo detuvo en el momento que lo vio.

-Alex, vaya no te dejas ver con facilidad- dijo la joven con obvia coquetería.-Vaya que te ves bien de traje.

-Hola Jacqueline gusto de verte, pero si me permites tengo un asunto importante que atender.- le dijo con mucha educación y elegancia.

-Pero ¿Qué puede ser más importante que nosotros?

-¿Nosotros?-pregunto Alex, demostrando que la joven no era de su agrado. – ¿Cuándo ha existido un nosotros?

-¿Me estas rechazando?-pregunto ella ofendida- Porque sabes... a mí nadie me rechaza.

-No sé si sentirme alagado... siempre hay una primera vez.-le dijo con voz serena.- Con tu permiso, ya te explique que tengo asuntos que atender.

Y así sin más se fue dejando a la joven ahí en las escaleras sola, molesta y confundida.
Llego al piso de arriba y encontró a sus amigos frente a una puerta que estaba cerrada donde se imagino se encontraba Elizabeth.

-Alex al fin llegas- dijo Sasha con alivio.-Estamos muy preocupados nada puede hacer que abra la puerta.

Alex solo les dedico una mirada antes de dar una par de pasos hasta quedar frente a la puerta, se acerco de manera que Elizabeth pudiera escuchar cada palabra.

-Elizabeth- llamo con voz calma.

-Lárgate... tú más que nadie... aléjate de mí- le respondió la joven entre sollozos.

-¿Qué sucedió? Hace un momento no parecías querer estar lejos de mi.-le dijo el pero no había nada más que cariño en su voz.

-Hace un momento no sabía que lo único que haz hecho es engañarme y decirme mentiras...

-Te equivocas- la interrumpió el- Yo nunca te he mentido... jamás.

-¿Si?... porque no recuerdo que me hayas dicho que soy una princesa, que tu eres mi guardián, y que hay un mundo totalmente distante a la tierra del cual pertenezco.-le dijo con sarcasmo, al mismo tiempo que las lagrimas corrían por sus mejillas sin poderlas detener.

-Pues yo no recuerdo haberte dicho que no lo fueras- contraataco él.

-omitir información también es mentir Alex- le dijo ella.

-Ya basta- dijo golpeando con sus puños la puerta, en su rostro había frustración y se le veía exhausto.- ¿quieres saber la verdad? Te diré todo lo que quieras saber cada detalle, pero lo hare de frente así que tienes que abrir la puerta.

Hubo silencio por un momento, la joven se lo pensó un momento antes de abrir, hasta que por fin lo hizo muy despacio. Sasha al verla corrió por el alivio pero cuando ya estaba cerca de abrazarla Elizabeth la detuvo de inmediato, dejándole saber con esto que el que hubiera salido de la habitación no significaba que hubiera perdonado a nadie por haberle escondido la verdad.

Alex se acerco a ella lentamente y tomo una de sus manos, cuando de repente Elizabeth se soltó con violencia, se dedicaron una mirada, la de la joven se mostraba traicionada, la de el se mostraba agotada y triste.

El joven hizo un gesto con la cabeza indicando a la muchacha que lo siguiera, si iba a contarle toda la verdad sería mejor que hablaran en un lugar más privado así que la guio hasta un salón al otro lado de la mansión.

Era un lugar con un diseño exquisito todo de cristal y en el medio de la habitación se hallaba un piano forte de color blanco, frente a él un banco del mismo color, donde el joven tomo asiento y comenzó a pasar sus dedos suavemente por las teclas del piano, de el salieron notas exquisitamente ejecutadas y sonaba de una manera muy dulce y suave, le pareció a Elizabeth.

-Siéntate- le dijo el pero no había orden en su voz.

-Estoy bien aquí- le dijo ella.

El la miro con ojos tristes.

-Como quieras- le dijo con seriedad- pero es una larga historia... te vas a agotar si estas de pie.-añadió esto último con una pequeña sonrisa.

-No importa- dijo ella, dándole a entender que este no era el momento de hacer bromas.

-Bien- comenzó el.- Todo comenzó en mis primeros años en la academia de guardianes, mi padre era maestro ahí además de uno de los más respetado guardianes en todo Shalon. Yo tenía siete años aproximadamente y fue también cuando conocí a Demian.-dijo el dejando su mente volar hacia el pasado.

-Espera ¿Quién es Demian?-Pregunto ella.

-Demian es un guardián real- dijo el- era mi único amigo.

-Y ¿Dónde está? ¿Murió?-le dijo ella, pensando que asi había sido por la tristeza con la que Alex mencionaba al muchacho.

-No. Pero habria sido mejor así. El se encuentra del lado oscuro.

-¿Qué?-pregunto ella- Alex lo siento mucho.

-Lo sé. Pero si nuestras sospechas son ciertas... puede que lo tengamos de vuelta pronto.- dijo el guardando sus esperanzas.

-¿Qué sospechas?

-Déjame terminar el resto de la historia... y yo luego te responderé esa pregunta ¿Si?

Ella lo miro por un rato, cuando por fin comprendió que si quería que el muchacho le contara toda la verdad sería mejor hacer las cosas a su manera. Así que dio un par de pasos hasta sentarse junto a él, le hizo un gesto que indicaba que era todo oídos y que ya no habría más interrupciones, Alex le dedico una sonrisa antes de continuar.

-El rey había muerto el año anterior, el tenía dos hijas, eran gemelas Neliana y Heidi Delorme, después de las pruebas se dio a conocer que Heidi era la más apta para reinar así que fue ella quien tomo el lugar de su padre y su hermana que siempre estuvo a su lado se convirtió en consejera real. Paso un año y Shalon nunca había visto la abundancia como en aquella época. Se decía que la

Reina Heidi había nacido con un don, que era bendecida por su bondad y que por eso su reinado era tan prospero; pero había un problema, la Reina debía casarse, si no lo hacia su reinado no sería aceptado como valido y perdería el trono; se hizo todo lo posible para que esto no ocurriera pero era la ley y debía ser cumplida. Lo que pocos sabían es que ella estaba enamorada, yo lo sabía por mi padre y el porqué la persona que ella amaba tanto era su mejor amigo Steven Amsel.

-Y ¿ella se caso con él?-pregunto Elizabeth.
-Por supuesto que no. El era un guardián. El Amor entre guardianes y magos está prohibido mucho más si trata de la familia real- dijo él con una pequeña sonrisa, pero sus ojos no mostraban felicidad sino tristeza. Era como si este hecho desgarrara su alma lenta y dolorosamente.

-Y si ella no se caso con Steven. ¿Con quién se caso?

- Lord Aymon Frey, era un hombre poderoso, siempre obtenía lo que quería o hacia cualquier cosa para conseguirlo, así fue como término siendo Rey.

Lo que no sabía es que el no sería quien tomara las decisiones en Shalon, seguiría siendo la Reina. Meses después ocurrió el asesinato del esposo de Neliana, Awar, también era consejero real, nunca se encontró su asesino. Después de esto se creyó que la familia real estaba en peligro, fue cuando se crearon los guardianes de la luz; un grupo de ocho guardines lo mejor de todo Shalon, era formado en su mayoría por niños, pero cada niño era un prodigio en el combate y la pelea, pocos

guardianes nacemos con el don de la magia, todos en ese grupo lo poseían, mi padre, Steven y Rafael Aymeri quien es al mismo tiempo el padre de Demian eran las cabezas, luego se integro Sasha y Bryan quienes venían de otra academia al sur de Shalon, Jennifer quien fue la única elegida de la Academia del noreste, Demian y yo.
Este grupo fue creado para proteger a la familia real, pero sobre todo a la reina y su descendencia. Un tiempo después se dio a conocer que la reina estaba embarazada. Eso era de alegría para todo el pueblo pero no para Aymon, se creía que él era incapaz de dar un hijo a la Reina, hasta que sucedió, cosa que a el no le convenía. Si la reina tenía hijos eso significaba que su poder como Rey caería puesto que el o la que sería el próximo gobernante de Shalon venia en camino, el no pudo soportar la idea.
Lo que ninguno de nosotros sabia era que Aymon y su hermano Yiran estaban reclutando guardianes y magos, una noche se las arreglaron para burlar la seguridad de la Reina y trataron de matarla.
Todo salió mal puesto que logramos llegar a tiempo y atrapamos a Aymon, no fuimos lo suficientemente rápidos para atrapar a Yiran, quien prometió a su hermano que lo liberaría.
Con Yiran suelto no podíamos darnos el lujo de dejar a la Reina en Shalon, por lo que tomamos la decisión de mandarla a la tierra, su hermana Neliana se quedaría tomando su lugar haciéndose pasar por ella.
Así lo hicimos. Uno de nosotros tendría que ir con ella todos pensamos que seria Steven, pero fue mi padre el elegido puesto que si Steven se iba todos se darían cuenta que los rumores eran ciertos, Los ancianos del consejo nos separarían de inmediato de la Reina y no

podríamos protegerla. Con Aymon encarcelado y la Reina lejos creímos que todo estaría bien. Días después se hizo el juicio en donde se dio el veredicto de que Aymon era culpable de alta traición y seria colgado hasta la muerte. El día que Aymon era llevado para cumplir su condena Yiran apareció con los suyos, fue una masacre o mucho peor, ese día murieron muchos, entre ellos Rafael; y lo peor es que Aymon escapo con Yiran, mas tarde esa noche se celebraría el Eclipse en la noche de lunas gemelas que solo se celebraba una vez cada cinco años, ese día Aymon uso su poder pasa sumir a Shalon en oscuridad, sin importarle el saber que moriría en el intento. Yiran escapo a la tierra y prometió que se vengaría matando a la verdadera Reina.

Fue cuando todos cruzamos el puente entre ambos mundos hacia la tierra. Cuando al fin logramos comunicarnos con mi padre, el nos dijo que no había logrado hallar a la Reina. Así que nos unimos para buscarla, una vez nos encontramos con Yiran y tratamos de matarle pero él era un mago poderoso, y fue cuando perdimos a Steven, y a los demás, Sasha y los chicos aparecieron después pero de Steven... no supimos nunca más hasta que lo dimos por muerto. Demian...tiempo después escuche que estaba del lado de Yiran, no quise creerlo hasta ahora. Un año después mi padre a conoció a Frederick, fue cuando se entero que tú eras la princesa, hija de la Reina Heidi.

Desde entonces mi padre dedico su vida a cuidarte. No me permitió ayudarle puesto que siempre soñó con que yo tuviera una vida normal. Todo cambio el día que se entero de su enfermedad. Con el paso del tiempo tú creciste, mi padre murió y aquí estamos.

Elizabeth se quedo viendo a la nada, no podía creer todo lo que había sucedido en aquel mundo al que llamaban Shalon, todo lo que sus amigos pasaron para cuidar a su madre. Fue cuando se dio cuenta.

-Oye Alex... ¿Cuántos años tienes?- pregunto de repente.- Tú no tienes dieciocho.

Alex la miro sorprendido, lo había notado sabía que era una chica inteligente pero no creyó que se daría cuenta.

-no- respondió muy apenado.- Tengo veintitrés.
Elizabeth asintió una vez, y luego ambos se quedaron en silencio por un rato, hasta que la joven no lo soporto más y sus lágrimas cayeron sin poderlas detener.

-¿Qué sucede?- pregunto Alex.
-Lo siento... es solo que... ustedes han dedicado su vida entera a cuidar de mi madre y ahora de mi.- dijo ella entre sollozos.- No puedo evitar sentir que les debo toda una vida y mas... yo...

-Ya basta- la interrumpió el con cariño y ternura en su voz.- Tu no nos debes nada... Elizabeth mírame.-Le dijo al ver que la joven no podía sostener su mirada.

Le tomo la mejilla al decir aquellas palabras y se encontró con aquellos ojos dorados que tanto amaba. Se dio cuenta que ya nada le impedía decirle lo que sentía por ella, al verla así tan cerca de él, por fin entendió que si un día le llegara a faltar moriría.
La pared que había creado entre ambos había desaparecido.

-No nos debes nada, porque las decisiones las hemos tomado nosotros mismos… Y yo no cambiaría nada.- dijo el notando que la muchacha lo miraba con algo de sorpresa al escucharlo decir lo que ella secretamente tanto había añorado.

-Elizabeth- continuo el.- Yo lo volvería a hacer, si alguien me diera la oportunidad de regresar el tiempo; aun así yo tomaría la misma decisión.

-Pero toda tu vida Alex, cada día lo haz dedicado a cuidar de mi familia; lo haz dedicado a cuidar de mi… tu vida Alex… ¿que no tienes algún sueño personal que te gustaría realizar? dime ¿que al cuidar de mi nunca te has privado de nada?... no me mientas, yo sé que si.

-Tienes razón- le dijo él.

-Lo sabia- le dijo ella entre llanto.

-Dejame acabar… tienes razón si he renunciado a algunas cosas, pero cada una de ellas ha valido la pena… verte con vida a valido la pena- le dijo el clavando sus ojos en los de ella.

-Alex- dijo ella.- dime tú… ¿por qué?... ¿Por qué te preocupas tanto por mí? Es solo porque soy una princesa o lo que sea… o ¿Por qué…?-balbuceo ella sin poder terminar.

Alex se puso de pie de un salto, su rostro se encontraba rojo y quería decir algo pero su voz se negaba a salir.

-He... yo... yo- balbuceo el también.
Respiro profundo ya su corazón no podía soportar ni un minuto más sin ella, tenía que arriesgarse, ella era lo único que le quedaba.

-Elizabeth- dijo sin voltearse a verla.- Yo no te protegía porque fueras princesa... al principio así era... pero luego vi lo dulce, amable e inocente que eres con todos y... no lo pude evitar... lo intente porque sabía que el simple hecho de sentir algo por ti nos traería problemas a ambos, lo intente porque magos y guardianes no nacieron para estar juntos; pero por más que lo intente... no conseguí nada.- dijo el golpeando con su puño la superficie del piano.

Ella aun sorprendía por lo que estaba escuchando se puso de pie lentamente y camino hasta donde se encontraba el joven, poso su mano sobre el brazo del chico para confortarlo, pues hasta ese momento el no había notado la lagrima que caía sobre su mejilla.
-Está bien...- dijo ella llamando su atención con su cercanía- no sé bien si he malinterpretado tus palabras... pero si es lo que creo que es... está bien. Alex nunca me ha gustado que otros decidan por mí. Esta vez yo quiero decidir por mi... si soy una princesa de donde sea... sé que tengo responsabilidades y estoy dispuesta a cumplirlas. Pero no voy a permitir que me nieguen lo que le negaron a mi madre... Y es la oportunidad de escoger con quien quiero estar.

El levanto su rostro y la miro como nunca lo había hecho, era como si por primera vez mirara a la Elizabeth llena de determinación y carácter; esto era algo que lo hacía sentir orgulloso, y llenaba su corazón hasta hacerlo rebosar de emoción.

-¿Estas segura?... no soy una persona fácil ¿sabes? no me gusta perder, soy orgulloso, y no soy nada sociable, no seria buen compañero…

-Alex ya basta- le dijo ella con dulzura.- solo… no lo arruines ¿Si?

Él le dedico una pequeña sonrisa, las miradas de ambos expresaban gran emoción contenida, al mirarse ambos jóvenes se dieron cuenta que no serian nada el uno sin el otro; por lo que Alex tomo su mano y lentamente se acerco a ella cada vez su distancia se hacía más corta y su respiración se aceleraba, hasta que por fin sus labios encontraron los de ella, fue un beso suave, pero lleno de amor y pasión; era algo que renovaba las energías de ambos y que hacía que sus corazones palpitaran más fuerte que nunca, por un momento fueron uno.

Se separo de ella y la miro con una sonrisa en el rostro, apartaron la mirada con timidez, era como volver a ser niños otra vez.

-Ya es muy tarde-dijo ella con hilo de voz- mi papá se preocupara si no llego pronto.

-déjame llevarte a casa- le pidió el.

-ha… no… no es…- balbuceo hasta que se dio cuenta que en realidad no quería estar lejos del muchacho ni por un momento, y si le permitía llevarla aun tendrían unos pocos minutos juntos, por lo que con un suspiro y una sonrisa asintió con la cabeza y caminaron juntos hasta donde se encontraban los demás.

# Capitulo dieciséis
## Lagrimas

Demian llego al pasillo que llevaba a la sala de los tronos, donde sabia que encontraría a Yiran; se acerco un poco más cuando escucho una voz extraña al otro lado una voz que lo hacía estremecer.

-Yiran, se nos acaba el tiempo, ya deberíamos tener la llave- dijo la voz.

-Lo sé pero tienes que esperar un poco mas esos malditos guardianes nos han causado muchos problemas.

-Eso no me importa, el tiempo corre y está en nuestra contra; si las mocosas se encuentran y ellos a Neliana será nuestro fin. Ellos tendrán el poder para cruzar el puente y con ello despertar la magia que limpiara a Shalon de la oscuridad. No lo podemos permitir.

-Y no lo haremos- le aseguro Yiran- de eso me encargo yo.

-Cuida a la chica... recuerda que aun necesitamos sus poderes, hacernos con ellos será un trabajo difícil y aun no tengo suficiente energía para robarlos.

-Lo sé... no te preocupes conseguiremos hacerlo, estamos cerca de hacernos con el medallón de la otra princesa.
-Pues apresúrate... o tu también compartirás su destino.

-Si Señor.

Demian creyó que estaba imaginándolo Yiran siguiendo órdenes de alguien más, la sola idea le sonaba ridícula; además de quien podría tratarse, aquel hombre tan peligroso que los intimidaba; se le escuchaba asustado. Escucho como alguien se acercaba a la puerta, rápidamente se escondió entre las sombras y vio salir a Yiran y alejarse por el pasillo.

Aprovecho la oportunidad para averiguar lo que estaba pasando y entro a la sala; con cuidado de no hacer ruido busco en los alrededores de donde podía provenir aquella voz, cuando al fin se dio cuenta, la voz provenía de la pared se acerco un poco más, descubrió unos símbolos dibujados en la pared formando un circulo, no lo podía creer, era una ventana hacia otro mundo no podía ser Shalon puesto que debido al poderoso conjuro que Aymon había dejado caer todas las conexiones habían sido bloqueadas, la única entrada que había era el puente entre ambos mundos y para cruzarla necesitarían de la llave mágica, si era una ventana se pregunto a donde llevaría.

Trato de descifrar los símbolos pero ninguno le era familiar, hasta que vio el que estaba dibujado en el centro era el símbolo de la antigua familia Frey, la había visto en el castillo el día de la boda entre el lord Aymon y la Reina Heidi, lo entendió de pronto Yiran se estaba comunicando con su hermano. << ¿Qué no estaba muerto?>>pensó trato de recordar lo que paso aquella noche, no le gustaba hacerlo ya que esa misma noche había perdido a su padre en batalla, pero ¿Qué sucedió después que Aymon lanzo el conjuro en Shalon? Lo recordaba se decía que había muerto gracias a la cantidad de energía que había utilizado, pero en realidad nadie nunca había encontrado su cuerpo, había algunos que decían haber visto a Yiran cargar con el cuerpo inerte de su hermano.
Todo encajaba; ¿Cómo Yiran se había atrevido a hacer tal cosa? Sabía que había incontable maldad en aquel hombre pero nunca creyó que fuera capaz de tal atrocidad.

-Lo ha revivido- dijo Demian temiendo lo que aquello significaba- Uso el conjuro prohibido. Maldita sea. Si eso es verdad estamos perdidos.

Tenía que averiguar dónde se encontraba Aymon si de verdad estaba vivo debía encontrarlo y acabar con él antes de que intentara dañar a las princesas, a Cally.

La magia corría por sus venas pero no era igual a la de un mago, usar un pequeño hechizo o conjuro por más pequeño que fuera tomaba gran cantidad de su energía, pero tenía que intentarlo.

Menciono una palabras en un idioma desconocido al mismo tiempo que alzaba sus manos hacia los símbolos estos respondieron y de ellos salió una pequeña luz de color azulado cegándolo por un momento, poco a poco se fue opacando y una imagen apareció mostrándole un cielo estrellado <<Noche>>pensó <<Es de noche donde él se encuentra... eso no me sirve anda muéstrame más>>pensó.
Dentro de la imagen se vio una fuerte lluvia, y poco a poco el cielo se fue aclarando hasta mostrar un atardecer, el viento soplaba. Demian miro por la ventana y de pronto comprendió lo que aquella imagen le estaba mostrando.

-Esta aquí- dijo asustado- aquí, pero de alguna forma no es aquí...lo tengo... maldición.- dijo al mismo tiempo que salió corriendo de la habitación.

Tenía que encontrar a Cally y sacarla de ahí lo más pronto posible, además debía comunicarse con Alex aquellas noticias cambiaban todo, debía decirle que Aymon estaba vivo y darle a conocer su paradero.

Se detuvo tras una pared, sus energías se había ido junto con el hechizo que había ejecutado pero necesitaba hablar con su amigo antes de que fuera tarde, así que lo hizo una vez más, menciono mas palabras en aquel idioma extraño y llevo a cabo con esto un conjuro de comunicación.

Al otro lado Alex quien se encontraba con sus compañeros y Elizabeth sintió algo que lo llamaba, lo reconoció enseguida era un conjuro de comunicación. Alguien en alguna parte estaba tratando de comunicarse con él, cerró los ojos y dejo su mente en blanco permitiéndole a Demian mandar su mensaje.

-Alex no tengo mucho tiempo- dijo Demian con gran esfuerzo.-algo malo ha pasado.

<< ¿Qué sucede?>> dijo Alex en su mente con tranquilidad.

-El sigue vivo... Aymon sigue vivo- dijo Demian.- Yiran lo trajo de vuelta.

Al escuchar esto Alex abrió los ojos de golpe, lo que acababa de escuchar significaba que estaban en más problemas de lo que pensaban, esto significaba que Elizabeth estaba en peligro una vez más, pero esta vez se encontraba en verdadero peligro, si Aymon la encontraba seria su fin.
Cerró los ojos una vez más y se concentro en Demian.

-¿Dónde se encuentra?- pregunto.

-Esta en....-escucho decir al joven antes de perder comunicación con él.

-Rayos- dijo Demian, quien estaba demasiado agotado como para intentarlo de nuevo, no había logrado decirle donde encontrar a Aymon. Debía moverse rápido primero sacar a Cally de ahí, y luego buscar a Alex.

Cally se encontraba viendo por la ventana una vez más, era de día pero se veía opaco, y sin una fuerte lluvia que caía haciéndola sentir llena de nostalgia además de que todo aquel día había sentido un mal presentimiento, algo le decía que las cosas no andaban bien y que se avecinaba una tragedia, quizo ignorar aquel sentimiento, pero era muy difícil al ver que Demian no regresaba.

El viento soplaba y amenazaba con botar las ventanas.

<<Algo no anda bien>> pensó

Sintió una presencia tras ella una sombra que se acercaba; saco su espada y se puso en guardia.

-Cally- escucho que la sombra la llamaba, reconoció su voz de inmediato.

-Demian- dijo corriendo hacia el muchacho.- ¿Por qué haz tardado tanto?

-Escúchame tenemos que salir de aquí lo más pronto posible- dijo Demian.

-¿Por qué? ¿Qué pasa?-pregunto ella con curiosidad al ver la urgencia en la petición del muchacho.

-Te explicare luego... tenemos que salir cuanto antes.

-No te dejes engañar, criatura- dijo una voz tras ellos.

-Yiran- dijo Demian al reconocer su voz.

-El mismo ¿A dónde quieres llevarte a Cally, eh?- pregunto Yiran con sarcasmo.

La joven no podía hacer más que intercambiar miradas entre los dos, mas parecía como si estuviera presenciando un partido de pin pong.

-Lo más lejos de ti que pueda- contesto Demian desafiando al hombre que ahora se encontraba frente a ellos.

-¿Qué sucede aquí?-pregunto Cally pidiendo una explicación.

-Te engaño Cally, te mintió... Yiran te ha mentido todo este tiempo- dijo el joven mientras se colocaba frente a ella en ademan protector.

-No le creas mi niña es él quien te engaña.
Cally se encontraba mas confundida que nunca, confiaba en Demian ciegamente pero no entendía a que se debía el repentino cambio en su actitud para con Yiran o de que se trataban las acusaciones que hacía.

-Escúchame Cally te dijo que estabas sola que no tenias mas familia que él, y te envió a matar a quien es en realidad tu única familia... Cally, ¡esa chica es tu hermana!

Cally sintió que el aire no llegaba a sus pulmones, aquella noticia le era imposible de creer pero a la vez era tan obvia, sacudió su cabeza y tapaba sus oídos con ambas manos no era posible.

-Mentira-dijo Yiran- eso no es cierto, pequeña. Estoy seguro que Demian no te ha dicho que se vio con el chico, el guardián... Demian nos ha traicionado se ha aliado con ellos, con el guardián que ha tratado de matarte tantas veces.

Cally miro a Demian sus ojos completamente abiertos de la sorpresa, si eso era verdad significaba que Demian efectivamente la había traicionado, la única persona que había estado a su lado siempre la había traicionado uniéndose con sus enemigos.

-Demian- dijo ella casi sin poder pronunciar una palabra.- ¿Es eso cierto? ¿Fue por eso que no me haz dejado contigo? ¡¿Cómo pudiste, Como?! Ellos trataron de matarme que ¿Eso no te importa? ¿Qué yo no te importo? ¡Demian responde!

-Cally. El te ataco porque no tenía idea. Ustedes son hermanas tienes que creerme, como si no explicas su parecido.
-No le creas. Se ha visto descubierto por eso te dice todas esas cosas que no son más que mentiras. No le creas, mi niña.

-¡Ya basta!- grito Cally sintiéndose frustrada y confundida. No sabía si creer a las palabras de Yiran o a Demian, en otro momento eso no estaría a discusión, pero con las noticias de que el joven se había aliado a sus enemigos no sabía que pensar.

-Mírame- le dijo Demian suavemente- mírame- le dijo de nuevo esta vez sonaba a suplica. La muchacha no pudo

evitar escuchar su voz y obedecer a sus palabras, clavo sus ojos dorados en los ojos color esmeralda del muchacho, ellos siempre habían sido capaz de comunicarse sin decir una sola palabra, se conocían ambos tan bien que las palabras no eran necesarias.
Y lo comprendió de pronto, el decía la verdad Demian nunca sería capaz de traicionarla si se había aliado con sus enemigos tenía que haber alguna razón importante, en cambio Yiran si que podía engañarla, nunca había confiado del todo en el, siempre había algo que no la dejaba fiarse de ese hombre.

Cally asintió una vez en señal de aprobación y se volteo para dedicarle una mirada llena de desconfianza a Yiran.

-Ya veo- dijo este con una pequeña sonrisa- Tiene que morir entonces.- Al decir aquellas palabras Yiran levanto ambas manos en el aire y dijo unas palabras que sonaron como un susurro, de sus manos salió una sombra maligna que golpeo a Demian de lleno haciéndolo volar hasta golpear la pared a su espalda, fue tan rápido que a Cally no le dio tiempo de responder y defenderlo.
-¡Demian!- grito y corrió hacia donde se encontraba el muchacho tirado en el suelo.

Pero cuando ya estaba cerca de encontrarlo una sombra igual a la de hace un momento la tomo por el tobillo haciéndola caer. Como pudo se volteo para soltarse pero se encontró con un rostro desfigurado, unos ojos rojos y una mano que trataba de tomarla por el cuello; Cally nunca había sentido tanto miedo, trato de soltarse pero la sombra era más fuerte.

-Cally- dijo Demian con esfuerzo, se puso de pie como pudo. Al ver la oportunidad Yiran se acerco a él y sin decir una palabra atravesó el estomago del joven con una espada.
Cally volteo su cabeza aun tratando de soltarse y solo pudo ver cuando otra sombra manejada por Yiran tomaba al muchacho por los hombros y lo empujaba hasta dejarlo caer por el ventanal.

-¡No!- grito ella-¡no Demian, no!

Una luz surgió de su frente en forma de media luna despidiendo una luz blanca como la nieve, una luz pura que hizo retroceder a la sombra de inmediato, quien se arrastro hasta los pies de Yiran temblando de miedo, dándole tiempo a la muchacha para ponerse de pie y salir por la puerta.

Se encontraban riendo los jóvenes al ver lo bien que Elizabeth había aceptado la verdad, con seguridad las cosas serian diferentes y no habrían mas mentiras en el grupo, Sasha se encontraba aliviada de que su amiga le hubiese perdonado el esconderle la verdad y Alex no lo demostraba por supuesto pero su corazón rebosaba de felicidad y emoción al saber que por fin había sido capaz de confesar sus sentimientos; todo era risas entre el grupo hasta Bryan con su carácter despreocupado se le veía compartir la conversación.
Por un momento Elizabeth se quedo viendo a la nada, nadie lo noto puesto que todos estaban intercambiando bromas entre sí.

Hasta que la joven comenzó a sentir un dolor punzante que provenía de su corazón, Alex dio un salto para acercarse a ella y ayudarle a sostenerse en pie.

-Elizabeth-dijo el preocupado.

-¡Suéltame! ¡No!-comenzó a gritar la muchacha, pero no al joven sino mas bien respondiendo a algo que solamente ella veía, se sacudió mientras Alex gritaba su nombre sin que ella pudiera responderle ni siquiera escucharle, en su mente ella estaba en otro lugar, su mente se encontraba en un castillo lejos de ahí donde se llevaba a cabo una horrible tragedia.

La joven pareció volver a la realidad, temblaba violentamente y le costaba mucho respirar; había gran preocupación en su mirada.

-Elizabeth- la llamo Alex quien se encontraba a su lado sosteniendo su mano- ¿Qué sucede?

-Es ella, Alex... Lo han matado... Ella está en problemas- dijo con sus lagrimas corriendo por sus mejillas- habían sombras y una luz... Alex, tenemos que encontrarla.

El joven pareció comprender a que se refería y asintió una vez con la cabeza antes de preguntar.
-¿Dónde está?

-No lo sé- dijo Elizabeth sin poder contener el llanto.

-Tienes que averiguarlo, Elizabeth. Tienes que intentarlo- le dijo con voz suave y sin perder el control que le caracterizaba en ningún momento.

-No sé cómo.

-Concéntrate- dijo una voz tras ellos. Neliana quien había escuchado lo sucedido mostraba un rostro sereno, pero en sus ojos había un hilo de preocupación casi invisible a la vista. -Concéntrate... en ella.

Elizabeth quien había levantado su rostro para ver aquella mujer y con los ojos aun llenos de lagrimas asintió una vez en señal de haber entendido y cerró los ojos se concentro tanto en Cally que en un momento su mente pareció viajar, se encontró en las afueras de un castillo, vio el bosque en sus alrededores, había un atardecer pero el sol estaba ya casi escondido, su mente viajo a gran velocidad y vio la torre Eiffel y una ciudad llena de luces y esplendor y entonces abrió sus ojos y observo que todas las miradas estaban en ella expectantes, eso no pareció detenerla cuando dijo con la mirada llena de determinación.

-Castillo de Vincennes en Francia, al este de Paris.

-Vámonos-dijo Alex.

-Nunca llegaremos a tiempo-dijo Elizabeth con desesperación.

-¿Neliana?- dijo Alex refiriéndose a la mujer que se alzaba frente a ellos.

-Yo me encargo- dijo ella- Tu encárgate de las armas.

-Sasha, Bryan, Jennifer- llamo a los jóvenes moviéndose a una de las habitaciones de la mansión, dentro se encontraban toda clase de espadas, y dagas. Los jóvenes tomaron unas cuantas y se reunieron de nuevo con Elizabeth; en un momento formaron un círculo tomados todos de las manos.

-Elizabeth- dijo Alex con seriedad- será... será mejor que te quedes.

-No ni hablar, no dejare que se arriesguen solos.- dijo ella.

-Elizabeth, es peligroso que ambas estén en el mismo lugar... no comprendes.

-No tu no comprendes, no voy a dejarte.- le dijo ella muy molesta.

El la miro y vio todo el cariño que había en los ojos de la muchacha para él, asintió una vez y tomo su mano con fuerza, ella le dedico una sonrisa nerviosa al mismo tiempo.

-¿Listos?- pregunto Neliana.

-¿Listos para qué?- pregunto Elizabeth sin comprender bien a qué se refería.

-Bien, vámonos entonces.

-Pero ¿Qué?-pregunto Elizabeth confundida.

Se formo un haz de luz alrededor de los muchachos y en un instante desaparecieron.

# Capitulo Diecisiete
## Un rescate

Corrió hacia el piso de abajo, llego hasta el patio del castillo bajo la lluvia, un hermoso jardín que ahora se veía opaco y sin vida, en donde se encontraba Demian tirado en el suelo con una espada travesando su cuerpo. Cally corrió bajo la lluvia hasta alcanzarlo.

Lo tomo colocando una mano bajo su cabeza y acunándolo como quien tiene en sus brazos un valioso tesoro.

-oh no- dijo entre sollozos al ver la espada, y a su alrededor una mancha de sangre del muchacho se extendía cada vez mas.

La joven no supo en qué momento las lagrimas comenzaron a caer por sus mejillas, no pudo detener el llanto y por primera vez lloro, lloro amargamente sin importarle nada más que el joven que sostenía en sus brazos respirando pesadamente y con dificultad.

-Cally –dijo el joven con mucho esfuerzo alzando su mano para sostener la mejilla de la muchacha- ¿Estas llorando?... ¿Por mi? No lo hagas, no por mí.

-No lo haría por nadie más- le dijo al joven, casi sin poder hablar por su llanto- ¿Qué no lo ves? ¿Dime qué hago? Demian por favor Dime qué hacer.
-No hay nada que hacer- dijo el haciendo un gesto de dolor.

-No- le dijo ella negando con la cabeza y con determinación en la mirada- no voy a dejarte morir.- continuo mientras recostaba al muchacho sobre el césped.- Resiste ¿si? Por favor resiste.

Al decir esto con ambas manos tomo el mango de la espada y con gran fuerza jalo de ella hasta sacarla del cuerpo del joven, la lanzo hacia un lado y coloco ambas manos sobre la herida del joven que no paraba de sangrar, haciendo que la lluvia formara un rio de color rojo alrededor.
Cally cerró los ojos y concentro todas sus energías en la herida del joven, la luz de su frente se ilumino una vez más enviando una corriente hasta sus manos, lentamente la herida del joven pareció responder y comenzó a cerrarse cuando pensó que lo había conseguido la herida volvió a abrirse con rapidez, ella continuo enviando magia, pero no parecía funcionar.

-Cally- la llamo Demian suavemente.

-No- dijo ella luchando contra aquella herida.

-Cally- la llamo una vez mas esta vez un poco más fuerte.

No hubo respuesta la muchacha no paraba de usar su energía.

-¡Cally!- la llamo esta vez tomo sus manos y la hizo detenerse.

-no, no, no- dijo ella con frustración y sintiéndose derrotada. Lo miro y vio en él una pequeña sonrisa.

-¿Qué hago?- le pregunto con desesperación- dime anda dime ¿Qué hago?

-No hay nada que puedas hacer- repitió el.- La magia de Yiran es demasiado fuerte, con ese hechizo se aseguro de que yo muriera- dijo con dolor.

Ella lo acuno una vez más entre sus brazos. Si Demian iba a morir ella estaría ahí con él a cada momento.

-Demian por favor, no me dejes sola- dijo con gran tristeza- por favor, no me abandones. Tu no.

-Lo siento- le dijo él en un susurro.- princesa te falle. Pero no estás sola. Elizabeth es tu hermana... y... Alex... se que tuvieron sus diferencias... pero él no sabía... encuéntralo... el cuidara de ti... lo prometo.

-No, ya basta cállate. Yo no necesito protección, no se trata de eso.

-Cally.-la llamo con dulzura.

-No cállate.- le dijo ella.

-Eres muy testaruda-le dijo el sonriendo.

-No se trata de protección- le dijo- se trata de...- se detuvo. Lentamente se acerco a él y planto un suave beso en los labios del joven, las lágrimas corrían por sus mejillas y el dolor invadía su corazón y su alma.
Se separo de el lentamente y lo miro a los ojos una vez más.
El acaricio su rostro con esfuerzo, su respiración se hacía cada vez más pesada y su temperatura corporal bajaba rápidamente.

-No sabes... cuanto tiempo soñé con eso- le dijo el.-Te amo, mi princesa. Ponte a salvo.- dijo dejando caer su mano y parando de respirar. Sus ojos se cerraron lentamente y Cally supo que Demian ya no estaba ahí con ella, ya se había ido dejándola ahí sola y con su corazón roto en mil pedazos, por lo que lloro amargamente.

Agotada dejo caer su cabeza en el pecho del joven, el estaba frio, pero ella siempre sentía el calor de un hogar junto a él. Se quedo ahí mirando a la nada, deseando morir junto al hombre que amaba.

Aparecieron un momento después en las afueras del castillo, en las orillas del bosque a su alrededor.
Se quedaron ahí un momento mirándose unos con otros nerviosos, Elizabeth noto que sus manos sudaban y su corazón palpitaba rápidamente; Alex lo noto también y le dio un suave apretón a sus manos para reconfortarla, ella agradeció este gesto con una mirada llena de amor.

El rostro de Alex se volvió serio al concentrarse en lo que ahora era su misión, rescatar a Cally de las manos de Yiran, Esa era una tarea casi imposible de completar por lo que todos los jóvenes se encontraban nerviosos y ansiosos, miraban a Alex a quien ellos consideraban un líder esperando que les diera dirección por lo que dijo:

-Sera mejor que nos separemos, si entramos todos juntos nos atraparan y no habrá forma de llegar a Cally... así que haremos grupos; Sasha ira con Bryan, entraran por la puerta de enfrente y distraerán a los guardias, Jennifer tu iras con Neliana entraran por el Jardín encárguense de los guardias de ahí y luego encuéntrense con Sasha y Bryan, Elizabeth tu iras conmigo te necesito para que me digas donde encontrar a Cally.

-¿Cómo se supone que haga eso?- pregunto la joven.

-Ya lo has hecho una vez ¿Recuerdas? – le dijo Neliana refiriéndose a la conexión que había tenido con ella en la mansión.

-No sé como lo hice.- dijo Elizabeth negando con la cabeza.

-Si que lo sabes- le dijo Neliana con una sonrisa- Confía en tus instintos.

-Está bien.

-Bien- dijo Alex- ¿todos listos? Nos encontraremos en este mismo lugar.

-Si- dijeron los jóvenes al mismo tiempo.
Corrieron todos en parejas hacia el lugar donde les correspondía.

Los primeros en llegar fueron Sasha y Bryan quienes se ocultaron tras una de las paredes del castillo cerca de la entrada, donde se encontraban dos guardias quienes parecían estar muy atentos a los alrededores.
-Capitán- dijeron ambos agachándose en reverencia al ver llegar a su capitán.

-¿Alguna cosa fuera de lo normal?-pregunto este.

-No, señor ninguna- contesto uno de los guardias- todo parece muy tranquilo.

-No se confíen- dijo el capitán- estén atentos. El señor Yiran dijo que no hay que descuidarse.

-Si señor- dijeron ambos, volviendo a sus lugares.
El capitán entro de nuevo en el castillo perdiéndose de vista.

-Ahora- le indico Bryan a Sasha, quien se encontraba lista alzando su espada.

Corrió y alcanzo al primer guardia que se encontraba de espaldas a ella, subió rápidamente a su espalda y quebró su cuello dejando su cuerpo caer al suelo inerte.
El siguiente guardia aun sorprendido pareció recuperarse más rápido saco su espada y corrió hacia la joven, quien también estaba lista para interponer su arma, ambas

espadas chocaron con fuerza sacando chispas, el guardia hizo un movimiento hacia la izquierda para contraatacar pero la muchacha era más rápida y se movió también.

-¡Ahora!- grito a Bryan quien corrió hacia el interior del castillo, sin esperar a la muchacha pues sabía que ella lo alcanzaría luego.

Sasha se movía con velocidad y gracia, pero el guardia no se quedaba atrás, movió su espada y el filo de esta corto un mechón de cabello de la joven quien ahora lo llevaba suelto, además había cortado su vestido no era nada fácil pelear con él. Ante el suceso inspiro aire muy sorprendida y molesta.

-¿Cómo te atreviste?... no sabes cuánto trabajo me llevo arreglar mi cabello hoy.

El guardia la miro lleno de confusión por lo que la joven aprovecho la oportunidad y le lanzo una patada, luego en un rápido movimiento atravezó al joven guardia con su espada, la recupero y corrió tras de Bryan.

Cally quien no supo cuanto tiempo se quedo junto al cuerpo inerte de su compañero, volvió a la realidad y en un momento de lucidez descubrió que no podía dejar las cosas de aquella manera. Tenía que vengar la muerte del joven así como sabía que Demian vengaría la suya de ser ella quien estuviera en su lugar, solo ella sabia cuanto deseaba que así fuera, que ella fuese quien estuviera muerta en  lugar de su amigo y compañero.

Se levanto, sus lagrimas se habían secado en sus ojos y lo único que había en ellos ahora era odio para aquel ser despreciable que se había atrevido a arrebatarle la vida a Demian de aquella manera tan cruel; alcanzo la espada que se encontraba a pocos centímetros de ella. La misma que había sacado del cuerpo de Demian un par de horas antes, la lluvia aun caía sobre ella haciendo aquel momento aun más doloroso de lo que ya era; acerco sus labios a los del joven y planto un suave beso que sintió frio, su corazón se estrujo al ver que él no podía responder a sus caricias.

-Esto no se va a quedar así- le dijo al cuerpo del joven aun sin poder separarse de él.- Yiran pagara por esto... Te lo prometo.

Con esto se puso de pie, su mirada era indescifrable, el dolor que cruzaba sus ojos era como una sombra, su rostro lleno de determinación; Estaba lista para cumplir su promesa, sabia donde encontraría al asesino de Demian a sí que camino lentamente hacia el lugar donde tomaría venganza.

Jennifer quien se encontraba junto con Neliana, ambas rodeadas por un grupo de guardias que habían sido enviados a buscar a la princesa, pero lo único que habían encontrado era el cuerpo del joven que se encontraba sin vida sobre la grama, la joven quien de inmediato reconoció de quien se trataba se abalanzo sobre los guardias evitando así que se llevaran a Demian de aquel lugar, Neliana se encontraba combatiendo también con su magia para ayudar a Jennifer, si la joven había decidido proteger al cuerpo de su antiguo compañero debía ser por alguna razón importante, uno a uno acabaron con los guardias hasta que quedaron ambas cansadas bajo la lluvia.

-¿Qué hacemos ahora?- pregunto Neliana.

-¿Lo recuerdas?- le pregunto Jennifer muy seria- Su nombre era Demian, fue uno de los guardianes de la luz que te saco de Shalon.

-Si lo recuerdo era un muchacho muy noble ¿Pero qué hacia en este lugar?

-No lo sé- dijo Jennifer- Pero algo me dice que Elizabeth lo sabe.

-¿Cómo puede saberlo si ni siquiera sabía la verdad de su procedencia?

-Ella lo vio... ella dijo "Lo han matado"... Se trataba de el.- dijo Jennifer tratando de entender la situación- Pero ¿Quién es ella?

-Caroline- dijo Neliana- Es la otra princesa de Shalon.

-¿Princesa?- pregunto Jennifer sin entender nada.

-Tiempo después que mi hermana cruzo el puente y la perdimos... Me comunique con Jonathan, el me dijo que había encontrado a mi sobrina Elizabeth y que su madre había muerto; me pareció muy raro ya que en mi familia no ha existido un nacimiento que no fuera de gemelos.

Algo me decía que las cosas no andaban bien, años después llego una encomendada de Yiran a reclutar magos para su causa, fue cuando la vi, su parecido con la niña que Jonathan me había mostrado en fotos era extraordinario además llevaba algo muy peculiar en su cuello; era el medallón mágico la llave que había sido entregada a mi hermana al convertirse en reina... así que no me quedo ninguna duda, habían nacido dos pequeñas y por alguna razón que no me sorprende una de ellas termino en manos de Yiran.
Iba a decírselos pero sería mejor dejar las cosas como estaban hasta no averiguar bien lo que estaba pasando, así que me escondí nadie debía encontrarme de otro modo no podría averiguar las respuestas, tiempo después cuando descubrí donde se hospedaba Yiran y los suyos, un grupo de magos y yo entramos a este castillo y robamos la piedra roja- le dijo mostrándole el hermoso rubí que llevaba colgado en el cuello.- y luego los busque a ustedes; me llevo algún tiempo encontrarlos, las cosas habrían sido diferentes de haberme podido comunicar con ustedes a tiempo, pero Jonathan había desaparecido hasta ahora supe que estaba enfermo y que esto lo venció.

-Vaya- dijo Jennifer tratando de procesar toda esta información- Eso explica el que Demian estuviera aquí. Pero si lo que Yiran busca es la llave... todas sus partes se encuentran aquí en este momento- se dio cuenta Jennifer- Fue un error haber traído a Elizabeth.

-Tienes razón ¿Cómo no pensamos en eso?- dijo Neliana- lo siento Jennifer pero tengo que irme... no podemos darle la oportunidad a Yiran de conseguirla

-Está bien, yo comprendo... vete ya- le dijo Jennifer.

-Lo lamento- dijo Neliana antes de desaparecer del lugar.

Se acerco la joven al cuerpo del muchacho y lo miro con infinita tristeza.

-¿Por qué no te comunicaste con nosotros? ¿Qué voy a decirle ahora a tu padre? - dijo ella con una lagrima corriendo por su mejilla- Demian.

Alex y Elizabeth se encontraban corriendo escaleras arriba lo más rápido que podían, Alex era letal al encontrarse con algún guardia que rodeaba el lugar, hasta que escucharon un fuerte golpe en una de las habitaciones, al otro lado se oyo una voz que Elizabeth conocía muy bien.

-Ayúdenme por favor.

-¿Oliver?-dijo ella sorprendía ¿Qué podía estar haciendo Oliver en aquel lugar?

-Elizabeth- dijo el joven, parecía estar haciendo un gran esfuerzo para hablar por lo que pensó la joven debía estar herido.

-Oliver-exclamo ella acercándose a la puerta para entrar a la habitación en lo que Alex la detuvo tomándola del brazo.

-¿Qué haces?-le pregunto molesto.

-Oliver necesita nuestra ayuda- le respondió ella.

-¿Cómo sabes que se trata de Oliver y no de alguna trampa?- le pregunto él.

-No lo sé... pero si en realidad se trata de él no voy a déjalo ahí.

-¿Por qué te importa tanto?

-Es mi amigo- dijo Elizabeth con determinación.

-Suenas muy segura- le dijo Alex con sarcasmo.

-Ya basta... si él está ahí no voy a seguir perdiendo el tiempo.- Le dijo soltando su brazo y entrando a la habitación con rapidez.

Alex suspiro molesto y corrió tras ella, si su decisión era entrar no iba a dejarla sola.
La habitación estaba llena de neblina, pero lo que era realmente extraño es que no veía a Oliver o a Elizabeth por ninguna parte.

-Elizabeth- la llamo- hay algo que nunca te dije sobre Oliver... era que...

-¿Que yo era uno de los guardianes que habían elegido servir al Gran Yiran?- dijo Oliver tras él.

Alex se volteo de manera violenta buscando el lugar de donde provenía la voz, a lo lejos de la habitación vio una sombra, la niebla era demasiada espesa por lo que tuvo que acercarse más para ver lo que estaba pasando, se paró en seco cuando realizo que la sombra era Elizabeth quien se encontraba atrapada en los brazos de Oliver quien sostenía una daga sobre su cuello.

-No- dijo Alex- Oliver déjala ir, ella no tiene nada que ver con esto.

-¿Qué? ¿Crees que no lo se?- dijo Oliver con una sonrisa.- Yo se que a quien tengo aquí es la princesa perdida de Shalon. Yiran me dará una gran recompensa si la llevo con él.

-No escucha hare lo que quieras- le suplico Alex- lo que quieras.

-Alex- dijo Elizabeth en lo que Oliver acercaba más la daga para hacerla guardar silencio.

-Suéltala- le dijo Alex esta vez como una peligrosa advertencia.
-¿O qué?- le pregunto Oliver con una sonrisa amenazadora.

-O te mato- le dijo Alex con sencillez.

-¿A si?- dijo Oliver soltando una carcajada- da un paso y ella muere.

-No te atreverías... -dijo Alex muy seguro de lo que decía- no lo harías.

-¿Qué te hace pensar eso?- le pregunto Oliver molesto.

-Porque tú la amas, por eso no le harías daño.

Oliver se sorprendió por las palabras del muchacho, Alex había adivinado la verdad; Oliver se había enamorado profundamente de Elizabeth.

-Bien tal vez tengas razón, pero tu si puedes morir-le dijo con suavidad.

Al decir esto una jaula cayó del cielo encerrando a Alex en ella, había caído tan rápido que al joven no le dio suficiente tiempo para hacerse a un lado.

-¡Alex!- grito Elizabeth quien se dio cuenta que ya estaba libre.

Corrió hacia el muchacho y cuando ya estaba cerca del lugar donde estaba encerrado, electricidad corrio por toda la jaula haciendo que Alex recibiera la descarga de lleno, luego de un momento que para Elizabeth fue como una eternidad se detuvo.
Alex cayó de rodillas sin poder ponerse de pie, sus piernas temblaban y ya no eran capaces de soportar su cuerpo, pero con mucho esfuerzo levanto su rostro y miro a la joven que se encontraba petrificada del susto frente a él.

-Estoy bien-le dijo con mucho dolor- no te asustes... estoy bien.

La respiración de Elizabeth se acelero y no pudo contener el llanto, las lágrimas cruzaron por su rostro, no pudo decir una palabra después de lo que había visto.

-No- le dijo Alex- no llores, por favor.

Ella trato de acercarse una vez mas y otra descarga cayó sobre el joven que de nuevo torció su cuerpo al sentir la electricidad correr con furia.

-¡No!- grito Elizabeth- ¡Detente! ¡Detente! ¿Qué quieres que haga? Hare lo que quieras pero por favor detente- exclamo la joven con desesperación.

Oliver soltó una carcajada burlona y la miro levantando una ceja.

-Yo en tu lugar...- le dijo- no me acercaría, sabes cada vez que lo hagas, al dulce Alexander le caerá una descarga más fuerte que la anterior.

-¿Qué quieres?- le pregunto ella agotada.

-Sabes Alex no estaba tan equivocado, yo pienso que eres hermosa, pero fue un grave error de tu parte haberlo elegido a él. Aunque aún hay una manera de arreglar la situación.Tu vendrás conmigo... y si lo hace tu amigo quedara libre y podrá irse.

-¿Lo prometes?- le pregunto ella.- Prometes... que si yo voy contigo... ¿lo dejaras ir?

-Te doy mi palabra- dijo Oliver con una siniestra sonrisa, ofreciendo una de sus manos a la muchacha.

-No ¡Elizabeth!- grito Alex al ver que la muchacha se ponía de pie y se dirigía hacia Oliver.

Elizabeth siguió caminando estaba tan cerca de tomar su mano; estaba decidida a intercambiar su libertad por la de Alex no tenía ninguna duda, siguió acercándose, rozo la mano del joven.

-Oliver- exclamo una voz tras ellos. Todos se sorprendieron al ver la figura de Cally alzarse frente a ellos.

-Vaya, vaya ¿a que debemos el honor de su presencia? Su alteza- dijo agachando su cabeza con sarcasmo en la voz.

-¿Qué crees que haces?- le pregunto Cally sin elevar la voz.

-Ese no es tu problema... sabes hable con Yiran...mmm... parece que ya no eres su favorita- le dijo Oliver.

-Eso no significa que no pueda hacerte pedazos, así que suelta a la chica, y ten mucho cuidado de cómo me hablas- le advirtió Cally, al ver sus ojos Oliver trago saliva, la muchacha siempre había despertado mucho miedo en el pero la envidia que le tenía por ser la protegida de Yiran era más grande.

-No me provoques Cally- le dijo muy serio y molesto mirando directamente a los ojos de la muchacha.

-Caíste- le dijo Cally sin apartar sus ojos de los de él.

-¿Qué?- dijo el joven.

Cuando trato de moverse, le fue imposible, vio sus muñecas y sus pies amarrados fuertemente con una cuerda, sacudió sus extremidades pero le era imposible soltarse.

-Ten cuidado con tus amigos, parece que pican fuerte- dijo ella con una sonrisa.

Escarabajos comenzaron a subir por el cuerpo de Oliver comiendo su carne a su paso, el joven gritaba y se sacudía con desesperación.

Cally dio un paso al frente poniendo uno de sus pies sobre un símbolo en una piedra que formaba parte del suelo, esta se hundió y la jaula que mantenía atrapado a Alex se movió hacia arriba dejándolo libre; corrió hacia Elizabeth y la sujeto con fuerza al ver que la joven se encontraba paralizada y aterrorizada, ambos vieron a Oliver sacudirse, y le escucharon dar gritos desgarradores pero no vieron lo que le hacía tanto daño ni lo que le impedía moverse.

-Compulsión- dijo Alex- había escuchado de ella… nunca había visto ese poder en acción… es impresionante.- continuo sorprendido por lo que estaba presenciando.
Ambos jóvenes miraron a la muchacha que se alzaba ante ellos, sus miradas se cruzaron, la joven se veía agotada y sus ojos reflejaban el dolor que llevaba por dentro.
Ambos Alex y Elizabeth sabían la razón de tanto sufrimiento y sus corazones se estrujaron al pensar que harían si se vieran en la misma situación.

El joven acababa de experimentar algo parecido al ver a Elizabeth caminar hacia Oliver hace solo un momento, y no se quería imaginar lo que sentiría si muriera. Los tres jóvenes no hicieron más que mirarse unos a otros.

Alex vio una sombra alzarse tras la joven.

-¡Cuidado!- le grito dando un paso al frente.

Pero ya era demasiado tarde Yiran se encontraba tras Cally y la sujetaba fuertemente por su cabello obligándola a mirarlo a los ojos.

-Hola pequeña- dijo Yiran con voz suave.
Cally se sacudió pero no fue capaz de soltarse Yiran era demasiado fuerte.

-Parece que te habías olvidado de un detalle ¿no lo crees así? A mí no puedes traicionarme... fue muy mala idea.

-No me toques- dijo Cally tratando de soltarse- eres tu quien me ha traicionado, tu me haz escondido la verdad.

-ha así que fue eso- dijo Yiran- le creíste cada palabra. Demian era muy bueno debo admitirlo, si tu caíste en sus mentiras debió ser bueno... o ¿no será acaso que...?

La miro por un momento y observo cómo se iba acercando a la verdad, Cally volteo su mirada para esconder lo que era tan obvio de ver en sus ojos.

-Así que era eso, te enamoraste, y creíste que él te correspondía- dijo Yiran con sarcasmo- Que ingenua eres mi niña, él lo único que quería era mantenerte de su lado, para después aprovecharse de ti.

-No- dijo Cally- el me amaba, era el único que me amaba.

-no, nadie te ama Cally.- dijo Yiran tratando de engañarla- Tu madre te abandono, quien te recogió y te dio un lugar en este mundo fui yo... Demian te engaño y te enamoro para satisfacer sus propósitos aliándose con tus enemigos, aliándose con ellos- dijo apuntando hacia los jóvenes que se encontraban sin poder hacer nada frente a ellos- yo en cambio te ofrecí gobernar shalon a mi lado, no tendrías que darle cuentas a nadie más que a mí, te di poder y autoridad, te hice alguien cuando no eras nadie-Con estas palabras la arrojo con gran fuerza al suelo.

-tienes razón- dijo Cally derrotada- Lo lamento no lo sabía, no supe verlo me deje llevar por lo que sentía aun cuando tú me habías enseñado que los sentimientos no eran más que estorbos que nos hacían perder el control. Fui una tonta... lo siento.

-¡No, Cally!- grito Alex- ¡Está tratando de engañarte. ¡Demian si se encontró conmigo... pero él no quería otra más que tu bienestar, quería alejarte de Yiran que solo quería utilizarte!

Yiran solo le dedico una pequeña mirada de advertencia pero una sonrisa en su rostro indicaba que estaba seguro de su victoria; Cally estaba de nuevo de su lado.

-Oh mi niña- le dijo- entiendo que te han mentido y tú caíste... pero de ahora en adelante tienes que escucharme a mí y solo a mí.

-Si mi señor- le dijo Cally- tú eres el único que se preocupa por mí.

-Así es... ahora que lo sabes debes deshacerte de tus enemigos, tráeme la llave cariño, acaba con ellos- le dijo señalando una vez más a los jóvenes.

-Si mi señor.- dijo Cally poniéndose de pie y desenvainando la espada, Yiran se coloco tras ella y le dijo al oído:

-No falles.

-No lo hare- dijo ella lista para atacar, miro fijamente a los jóvenes como un felino a su presa. Alex se coloco frente a Elizabeth en actitud protectora pero esta vez estaban en problemas ya que Alex no contaba con un arma para defenderse, había perdido su espada en el momento que recibió la primera descarga.
Alex sabía que la muchacha era buena con aquella espada y que sin algo para defenderse sería fácil para ella vencer.

-Lo siento Elizabeth- le susurro a la joven, quien no hizo más que mirarlo.

Pero luego sucedio lo inimaginable.
Cally con un movimiento de muñeca dio vuelta a su espada y la enterró con fuerza en el estomago de Yiran. Este por la sorpresa no pudo reaccionar y el golpe había sido certero Yiran cayo inerte sobre la espalda de Cally quien se dejo caer al suelo y dejo las lagrimas correr por su rostro, le había dolido hacer aquello ya que no podía negar que Yiran había sido el único padre que ella había conocido y le gustara aceptarlo o no el se había encargado de que ella aprendiera a valerse por sí misma.

Alex se relajo al ver lo que había pasado y abrazo a Elizabeth con fuerza, luego miro a la joven que se hallaba frente a ellos.

-Todo acabo- le dijo- todo acabo.

Cally asintió con la cabeza y suspiro.

-No has aprendido nada- dijo Yiran a su oído, mientras atravesaba a la muchacha con una daga que había llevado en su túnica escondida.

La muchacha no pudo reaccionar, solo sintió el dolor que le causaba la daga puso sus manos sobre su herida, lentamente bajo su cabeza y vio corren su sangre por entre sus dedos, además de la que expulsaba por la boca.

-¡Cally!- grito Alex.

Yiran coloco una mano en la frente de la muchacha y comenzó a decir las palabras de un hechizo. Cally sintió que algo dentro de ella se rasgaba y amenazaba con dejar su alma, lo comprendió entonces Yiran trataba de robar sus poderes de arrancarlos de ella.
-Lo siento, criatura... pero tu padre Aymon necesita tu magia- le dijo pero no lo lamentaba en lo absoluto.

Cally se resistió, su respiración se hacía más débil, su herida era demasiado profunda, ya casi no le quedaban fuerzas para luchar, pero no iba a permitir que Yiran le quitara sus poderes, no mientras aun le quedara un aliento de vida.

Alex se lanzo para ayudar a la joven, corrió lo más rápido que pudo pero una vez más sintió una descarga de energía correr por todo su cuerpo, la energía provenía de una pared invisible frente a ellos y su poder se activaba al tocarla, no había forma de pasar.

Cally dejaba de luchar poco a poco, sus energías estaban en cero y ya no tenía fuerzas, creyó que moriría.
Algo golpeo a Yiran a sus espaldas obligándolo a soltar a la muchacha quien cayó al suelo sin poder levantarse.
Yiran volteo y vio a quien había osado interrumpirlo, era una joven alta de cabello corto oscuro, con ojos oscuros que lo miraban con desprecio y odio.

-¿Quién eres tú?- dijo Yiran sus ojos se veían mas rojos que nunca y en ellos se podía leer el odio y las ganas de acabar con la chica frente a él.

-Mi nombre es Sasha mucho gusto- dijo ella con una sonrisa llena de sarcasmo.

Yiran no espero más y lanzo un rayo hacia ella haciéndola volar por los aires hasta golpearse con la pared que se encontraba al final de la habitación cerca de Elizabeth y Alex.

-¡Sasha!- grito Bryan quien corrió hacia ella.

Yiran camino una vez más hacia Cally colocando su mano sobre la frente de la muchacha, esta vez ya no tenía más fuerzas; lo que Yiran hacia no solo arrancaba los poderes de la muchacha, sino que también desgarraba su alma, por esto los gritos de ella no se hicieron esperar, el dolor físico que sentía era tan grande que no se comparaba a ninguno otro que hubiera sentido antes, un dolor que amenazaba con llevarse su vida.

Elizabeth no lo pudo soportar más, Yiran había lastimado a las personas que ella tanto quería, a todos los que habían hecho todo lo posible por protegerla, aquellos que la habían aceptado tal y como era. Además no soportaba escuchar los gritos desgarradores de aquella muchacha, su corazón dolía también, tenía que hacer algo para salvarla; pasara lo que pasara no podía dejarla morir.

Algo en su interior pareció florecer de golpe, la luna de su frente ilumino la habitación, el viento soplaba y pareció perder la conciencia por un momento como si otra persona se encontrara dentro de ella; estaba lista para defender a sus seres queridos, sus ojos se tornaron blancos y sintió la magia recorrer por sus venas; un poder inigualable.

Al ver esto Yiran soltó a la muchacha a quien le costaba respirar, el dolor pareció cesar pero no podría aguantar por mucho más tiempo.

Yiran se puso de pie y comenzó a emanar un poder de su interior, sombras salieron de el haciendo ruidos escalofriantes, gritaban y parecían listas para atacar. En ese momento era como ver el Yin y el Yang, lo bueno y lo malo, la magia pura y blanca contra la magia oscura y maligna.

-Tu poder no se compara al mío- dijo Yiran con una voz de ultratumba que resonó a lo largo del castillo.

Las sombras salieron y tomaron a Bryan, Alex y Sasha quienes combatían para soltarse.

Elizabeth camino hacia Yiran, este sonrió.

-No lo hagas- dijo Cally con mucho esfuerzo- No eres rival para el... no hagas tonterías.

-Yo voy a protegerte- le dijo Elizabeth a la joven.

-No, no lo harás-le dijo esta poniéndose de pie, sus piernas no querían responder y por poco perdió el balance, pero con gran esfuerzo camino hacia donde se encontraba su hermana- no tu sola.

Al ver esto una sombra se abalanzo hasta donde se encontraba Cally tomándola de los tobillos tratando de hacerla caer, pero la determinación de la muchacha era más fuerte; se lo había prometido a Demian. Había prometido vengar su muerte.
Jennifer quien apareció por sorpresa se lanzo hacia la sombra, quien la tomo tratando de introducirse a su cuerpo, haciéndola gritar.

Elizabeth lanzo un pequeño rayo de luz hacia esta, logrando hacerla retroceder, la sombra maligna al fin huyo aterrada.

Elizabeth fue quien alcanzo a su hermana y tomo su mano. Cally cerró los ojos y dejo su poder fluir por su cuerpo, la luna en su frente se ilumino también y el poder de ambas gemelas pareció fusionarse en uno, ambas dijeron unas palabras en un idioma sagrado y una luz apareció en el centro de la jóvenes un rayo de luz salió disparado hacia Yiran quien lo recibió de lleno; grito de dolor, se sacudió y trato de escapar, pero le fue imposible porque la luz parecía saber quién era y lo que era y quería destruirlo por completo, así fue que la luz de la magia de las gemelas lo inundo, dejándo caer su alma en el más profundo de los abismos, su cuerpo se convirtió en cenizas que volaron por la ventana dejando así la habitación en silencio.

La luz de las muchachas se apago, Cally no lo pudo soportar más y cayo, pero Elizabeth la atrapo entre sus brazos, cayendo al suelo con ella, así se quedaron ambas hasta que Alex y los demás guardianes corrieron hacia ellas.

-Elizabeth- la llamo Alex muy preocupado.- ¿Estas bien? – le pregunto con cariño pasando una mano por su rostro como comprobando así que no estuviera herida.

-Estoy bien- dijo ella con una sonrisa.

-Por fin se termino- dijo este con un suspiro de alivio.

Cally hizo un gesto de dolor y sus manos aun sostenían el lugar donde se encontraba su herida.

-Cally- dijo Elizabeth preocupada- Alex ¿Qué hago? Esto no se ve bien.
-Estará bien- dijo el- hay que llevarla a casa ahi Neliana la curara con su magia, necesita descansar.

Elizabeth asintió una vez más.

-Neliana se ha ido- dijo Jennifer- ¿Cómo volveremos?

-Yo... los... llevare- dijo Cally mencionando cada palabra con gran dificultad.

-No- dijo Alex- tú estas muy débil.

-acérquense... rápido ya casi no tengo fuerzas.

Todos los jóvenes obedecieron y rodearon a la muchacha con las palabras de un conjuro de transportación y una luz que los acogió desaparecieron de aquel lugar.

Sin notar unos enigmáticos ojos azules que los miraban con curiosidad  y sed de venganza, por medio de una ventana mágica.

# Capitulo Dieciocho
## Un nuevo hogar

Momentos después los jóvenes aparecieron en el jardín de la mansión que pertenecía a Alex.

-Lo logramos- dijo Bryan.- estamos de vuelta.

Cally se quejo de dolor una vez más por lo que Elizabeth corrió a su auxilio.

-Ya- la tranquilizo- estamos en casa... todo acabo- le aseguro- ya todo acabo.

Al escuchar esto Cally se dejo caer inconsciente en los brazos de Elizabeth.

-Cally- la llamo Elizabeth.

-Tranquila- dijo Neliana tras ellos quien parecía haberlos estado esperando.- estará bien... hay que llevarla a una habitación para poder curarla, luego de eso estará bien, es una joven fuerte.

Elizabeth asintió una vez, pero fue Alex quien la cargo en sus brazos hasta una habitación en el piso de arriba;

momentos después Neliana curo su herida, y la joven durmió pacíficamente toda la noche.

Alex se encontraba en el jardín observando las estrellas, cuando tras el apareció Jennifer, su rostro se veía cansado.

-No ha acabado- dijo Alex- Lo que Demian ha dicho antes de morir, si es verdad nada de esto ha acabado... maldición Demian murió y se llevo la forma de encontrar a Aymon con él.

-Lo sé- dijo Jennifer.- No pudo decírselo a nadie más... pero estuve pensándolo y... aun hay una manera.

-¿De qué hablas?- le pregunto Alex con curiosidad.

-Hablo de que si Demian era el único que sabía dónde encontrar a Aymon, hay una forma de traerlo de vuelta.

-¿Qué rayos dices?- pregunto Alex- no te estarás refiriendo a...

-Si- dijo Jennifer con decisión- De la misma forma que Yiran trajo de vuelta a Aymon, de esa misma forma podríamos traer a Demian... encontré su cuerpo en el castillo, esta un lugar seguro, aun podemos hacerlo.

-Claro que no- dijo Alex molesto- Jennifer sabes cuales son las consecuencias, ese conjuro está prohibido es peligroso y oscuro nadie debe ponerlo en práctica.

-Ya lo sé, pero no hay otra manera... Alex piénsalo.

-No ni hablar- se levanto de un salto y la miro con advertencia- Ese conjuro trae de vuelta a las persona sí, pero llena su alma con oscuridad, nunca sería el mismo... Demian era mi amigo, no le hare eso.
-no tenemos otra opción- dijo Jennifer mirándolo a los ojos- Las princesas están en peligro... además aun hay una esperanza.

-¿Esperanza?- pregunto Alex.

-El amaba a la chica... a la princesa- se corrigió- si ese amor fue verdadero aun hay una esperanza.

Alex lo pensó por un momento era demasiado peligroso usar ese conjuro, en el llamarían el alma del joven de nuevo a la vida, pero había un precio que pagar y ese era que la bondad del muchacho se quedaría, sería incapaz de sentir emociones, regresaría pero jamás como el Demian que había sido, sino como una persona fría y oscura, no había forma de asegurar que Demian los ayudaría después de eso.

-Ese conjuro solo puede realizarlo un guardián experimentado que posea el don de la magia... Los únicos tres que tenían esa habilidad ya murieron.

-Tenemos que arriesgarnos- dijo Jennifer- y se quien nos puede ayudar... en realidad no todos murieron.

Alex la miro con cautela y asombro.

-¿A quién te refieres?- le pregunto.

-A Rafael Aymeri.

-Estas demente- le dijo Alex.

-No no lo estoy Rafael Aymeri está vivo; yo misma lo he visitado vive aquí en la Tierra, vino buscando a su hijo, se retiro de ser guardián por supuesto, pero eso no significa que no recuerde como ser uno.

-Rafael nunca le haría eso a su propio hijo... preferiría verlo muerto- le aseguro Alex.

-No estés tan seguro... paso muchos años buscando a su hijo... y ya no es el mismo que solía ser.-le informo Jennifer.

-piensa Jennifer ¿De verdad es la única opción?- pregunto Alex sin estar tan seguro de que fuera lo correcto.

-Por supuesto que si.-dijo Jennifer- El mismo padre puede traer de vuelta a su hijo... es lo único que podemos hacer.

-Esta bien. Habrá que ir a verlo.

Horas después Cally despertó, se vio en una habitación oscura, las ventanas se encontraban cubiertas pero el sol parecía asomarse por las orillas, trato de sentarse pero un dolor en su estomago se lo impidió, aunque su herida ya había desaparecido había sido profunda y tardaría algo de tiempo en sanar por completo, como pudo tomo asiento y espero a que sus ojos se acostumbraran a la oscuridad, escaneo la habitación y dio un salto al descubrir una figura sentada junto a ella.

-Tranquila- dijo la figura a su lado.

Cally trato de ver de quien se trataba y descubrió a Alex junto a ella.

-¿Cómo te sientes?- le pregunto con sencillez.
-Bien –respondió Cally tardándo unos segundos en contestar.

-Has dormido mucho rato, es bueno te ayuda a recuperarte ¿Tienes hambre?

-No... gracias.

-Tienes que comer algo. Elizabeth trajo una sopa para ti, te ayudara a sentirte mejor... anda come- le sugirió con voz suave.

Cally no entendía la amabilidad del muchacho que no hace mucho tiempo había tratado de matarla.

-No... de verdad no tengo hambre.

-Como quieras- le dijo él.

Se escucharon dos suaves golpes en la puerta, y luego Elizabeth asomo su cabeza.

-Hola- dijo con una sonrisa- me alegra que estés despierta ¿Ya te sientes mejor?

Cally la miro con cautela y rostro serio.

-si- respondió solamente.

-Me alegro mucho- dijo a lo que miro la bandeja de comida que había llevado a la habitación hace solo un momento.- ¿Qué no tienes hambre? Anda come la sopa, la prepare especialmente para ti.

-¿A qué juegan?- les pregunto Cally muy seria.- ¿Por qué me ayudan?

-Porque eres mi hermana- dijo Elizabeth sorprendiendo a Cally con su repuesta.

-¿Hermana? pero si te enteraste de eso hace solo una horas- le dijo Cally estipulando que era ridícula su respuesta.

-Yo me retiro- dijo Alex- ustedes tienen mucho de qué hablar.

El joven se puso de pie y salió de la habitación cerrando la puerta tras él.

-Eso es todo lo que necesito... fue difícil al principio darme cuenta que tenía una hermana y que además era mi gemela cuando yo había estado sola toda mi vida... pero cuando te vi en manos de Yiran... algo en mi se despertó, tenía que protegerte.

-No pareces estar escuchándote- dijo Cally sin poder dejar su orgullo a un lado.- Eso suena ridículo.

-Pues por ridículo que se escuche... es la verdad- le dijo Elizabeth clavando sus ojos en los de su hermana.-Cally se que ahora no es un buen momento... se que la estas pasando muy mal y que hay dolor en tu corazón... pero tú y yo somos hermanas... solo necesitamos un nuevo comienzo. ¿Puedes siquiera intentarlo?

Esta la miro sin poder creer que lo que estaba escuchando fuera cierto, Cally era una joven orgullosa y de carácter difícil, que nunca daría a conocer sus sentimientos por lo que levanto su cabeza y le dedico una mirada que iba desde su cabeza hasta sus pies, al mismo tiempo que cruzaba sus brazos sobre su pecho.

-no prometo nada- dijo alzando una de sus cejas.

-Por mi está bien- dijo Elizabeth con una gran sonrisa.

Afuera Alex se encontró con Jennifer quien se acerco a él para que nadie más escuchara su conversación.

-Está todo listo- le susurro- Rafael quiere verte y hablar contigo.

-Bien- dijo Alex.- pero yo aun no estoy convencido que esto sea lo correcto.

-Alex por supuesto que no es lo correcto, pero es necesario, es lo único que podemos hacer.

-Está bien- dijo este con resignación- ¿Cuándo nos vamos?

-Esta misma tarde, estaremos de vuelta en un par de días.
Alex asintió, ya todo estaba listo pero algo en su mente le decía que traer a Demian de vuelta era un grave error.

Se fue la mañana dejando lugar a una tarde fría.
Alex detuvo a Elizabeth quien iba saliendo de la habitación de Cally la muchacha había caído rendida y se encontraba durmiendo en aquel momento.

-Elizabeth- la detuvo el joven.- Quería hablar contigo.
-Si ¿de qué se trata?

-Hay un asunto del que Jennifer y yo tenemos que ocuparnos, para eso tendremos que hacer un pequeño viaje pero estaremos de vuelta en un par de días.

-Está bien- dijo Elizabeth a quien por supuesto no le agradaba la idea de no ver a Alex aun si solo eran un par de días pero aunque así fuera no se atrevería a decírselo así que solo le dedico una sonrisa y buena suerte.

-Saldremos en unos momentos pero nos veremos pronto- le dijo el dándole un abrazo y plantando un suave beso en la frente de la muchacha.

-Voy a extrañarte- le dijo ella en lo que sus mejillas se sonrojaban.

-También yo- después de eso el joven se acerco a ella y le dio un dulce y suave beso en los labios al separarse de ella se acerco a su oído y le susurro un “Te quiero” le dedico una sonrisa y con eso se fue.

Horas más tarde llegaron a una pequeña cabaña, la casa era muy pobre y se veía muy descuidada, también hacia mucho frio y la nieve no paraba de caer.
Jennifer dio un paso al frente y toco la puerta suavemente. Un hombre asomo su cabeza y al ver que se trataba de la muchacha abrió la puerta, Alex reconoció a Rafael Aymeri, el padre de Demian, los años parecían haber causado estragos en aquel hombre, también observo que su ojo derecho se encontraba totalmente dañado lo que le daba la seguridad que era incapaz de ver con él y una cicatriz cruzaba por el lado derecho de su rostro, además había perdido una de sus piernas por lo que caminaba sosteniendo una barra de madera.

-Rafael- dijo Jennifer- Me alegra verte de nuevo.

-También yo- respondió el con una pequeña sonrisa y dándole un abrazo.

-¿Recuerdas a Alex?- le pregunto la joven señalando a su compañero.

-Por supuesto… ven acá muchacho.

Alex obedeció y el viejo lo abrazo con cariño.

-Vaya que has crecido- le dijo mirándolo de pies a cabeza- mi Demian estaría como tú.

-Me alegra verte- dijo Alex con voz suave, aun se encontraba sorprendido de los cambios en aquel viejo guardián, Alex recordaba muy bien la contextura fuerte, la habilidad de pelea y lo saludable que se veía antes.

-Por favor pasen- les dijo Rafael guiándolos hacia el interior de la cabaña.-Tomen asiento.

Se fue por un momento regresando con te caliente para los jóvenes.

-Bueno díganme ¿Qué los trae aquí?- pregunto el viejo tomando asiento.

-Es algo complicado- comenzó a decir Alex- Rafael traemos malas noticias.

-¿Qué pasa?- pregunto Rafael con curiosidad.

-Es tu hijo...Demian.

-¿Qué le sucede a mi Demian?- Pregunto con tristeza, por su mente se cruzaban miles de pensamientos a la vez.

-Demian está muerto- dijo Alex al fin.
Rafael se quedo callado por un momento las lagrimas cayeron automáticamente de sus ojos, su mirada perdida.

-Denme un momento- dijo Rafael poniéndose de pie y saliendo de la habitación.

Los dos jóvenes se miraron, como odiaban ir a ese lugar después de tanto tiempo de no ver al viejo Rafael y llevarle aquellas noticias tan devastadoras, se les estrujaba el corazón solo de pensar el dolor que podía estar sintiendo el hombre en aquel momento.

Momentos más tarde salió de nuevo, su ojo izquierdo se veía rojo de tanto llorar y su rostro se veía serio, triste y sin vida.

-Lo lamento- dijo Rafael a sus acompañantes.

-No te preocupes- le contesto Alex.

Alex y Jennifer intercambiaron miradas nerviosas.

-Hay algo que queremos pedirte- comenzó a decir Alex.- Encontramos a las princesas, ambas son gemelas y están en grave peligro, Yiran trajo a Aymon de vuelta a la vida, ahora que Yiran está muerto no sabemos donde esta, ni sus planes, pero sabemos lo peligroso que es para las princesas, Demian murió protegiendo a una de ellas. El también descubrió toda esta información, pero desafortunadamente murió sin poder decir nada a nadie, necesitamos saber donde se encuentra Aymon para poder acabar con él antes de que esté listo para atacar.

-No entiendo ¿Qué tratas de decirme?- le pregunto Rafael con rostro serio.

-Lo que intento decir es que... hay una forma de traer a Demian de vuelta... podemos hacerlo de la misma forma que Yiran lo hizo con Aymon, tenemos el cuerpo de Demian pero necesitamos tu ayuda... se que estas retirado y no quieres saber nada de esto... Pero el destino de Shalon y su gente están en riesgo.

-¿Cómo te atreves a pedirme eso?-dijo Rafael molesto, además de incrédulo.- ¿Acaso sabes las consecuencias de traer de vuelta el alma de una persona?

-Si las conozco, pero estamos desesperados no tenemos otra opción.

-No cuentes conmigo... Prefiero saber que mi hijo está muerto... a verlo muerto en vida, lleno de maldad... Largo de mi casa- les dijo con mirada ofendida.

-Rafael- dijo Alex poniéndose de pie- Nos iremos y te prometo que jamás volverás a vernos si no quieres, pero lo necesitamos, sabes que si Demian pudiera decir algo en este momento estaría de acuerdo. Hay algo que tú no entiendes. El amo...- dijo Alex escogiendo bien sus palabras.

Rafael lo miro con cautela, pero con mucho interés.
-Amo a una de las princesas, la amo hasta el punto de sacrificar su vida por ella... Y si no nos ayudas todo lo que hizo por protegerla será en vano. Además tan solo ese simple hecho nos da una esperanza de recuperar al Demian que era antes.

Rafael se lo pensó por un momento aquellas palabras eran todo lo que necesitaba.

-Lo hare- dijo el viejo- Lo traeré de vuelta.- dijo Rafael poniéndose de pie y saliendo de la habitación, dejando a los muchacho que intercambiaban miradas llenas de sorpresa al haber escuchado aquellas palabras pensando que jamás serian capaces de conseguirlo.

-Cally- dijo Elizabeth suavemente mientras entraba a la habitación.

-¿Qué quieres?- pregunto la joven que se encontraba acostada sobre la cama tratando de dormir.

-Hablar contigo- le dijo sentándose en la cama junto a su hermana.- En realidad quiero proponerte algo.

Cally tomo asiento como pudo y a regañadientes concentro su atención en lo que su hermana quería decirle.

-¿De qué se trata?- le pregunto con desgana.

-Quiero pedirte que vivas junto a mí y mi padre.- le dijo Elizabeth suplicante.-Ya que accediste a intentarlo... por qué no mudarte con nosotros y juntos los tres podemos ser una familia ¿Qué dices?

-¿Qué digo? Que estas alucinando eso no va a suceder.

-Cally no tienes a donde ir ¿o sí? ¿Qué tienes que perder?

Cally la miro incrédula, vivir junto con un desconocido al que su hermana llamaba papá eso no le hacía mucha gracia.

-Ya basta- dijo al fin- he dicho que no.

-Escucha inténtalo ¿si?... un tiempo, si no te gusta eres libre de irte cuando quieras- le dijo Elizabeth- a menos que prefieras quedarte aquí con Alex.

Cally la miro con sorpresa, en realidad no lo había pensado, obviamente no tenía a donde ir pero vivir con Alex no era una opción, el chico no le simpatizaba en lo más mínimo y estaba segura que el sentimiento era mutuo, por lo que no le quedaba más opción que aceptar la propuesta de Elizabeth.

-está bien- dijo Cally- pero me iré cuando yo lo decida, y en el momento que yo quiera.

-Hecho- le dijo Elizabeth mostrando otra de sus sonrisas- antes de que lo olvide… te traje algo de ropa limpia.

Elizabeth le alcanzo unas cuantas prendas, Cally levanto una de ellas y las miro con sorpresa, se trataba de una blusa de color rosa, con vuelos en las mangas haciéndola ver muy femenina.

-¿Qué es esto?- le pregunto Cally con sarcasmo.

-Una blusa- le dijo Elizabeth sin entender la pregunta de su hermana.-La saque de mi closet.

-Es rosa- le indico Cally, aun cuando era algo obvio.

-Oh eso... si... bueno es que...busque en mi closet pero no encontré nada de color negro- se disculpo Elizabeth- lo siento pero fue por eso que hable con Alex y te traje esta- le dijo señalándole una sudadera color negro que pertenecía al muchacho.

La tomo junto con todo lo demás e hizo un intento por levantarse de la cama, Elizabeth al notar el esfuerzo de su hermana se apresuro a ayudarle tomándola por el brazo, Cally respondió soltándose rápidamente.

-Yo puedo sola- dijo caminando hacia el cuarto de baño.

-Como quieras- le dijo Elizabeth asintiendo con la cabeza y dibujando una pequeña sonrisa en sus labios. Lo que Cally no pudo ver fue la tristeza que le causaba a su hermana su rechazo y dureza. Pero no podía evitarlo ella nunca había tenido una familia por lo que no era fácil para ella tampoco.

-Mientras te tomas un baño... yo llamare a mi padre ¿Si?

-¿Qué aun no se lo has dicho?- se volteo Cally para mirar a su hermana.

-Bueno es que aun tengo que explicarle y el tiene que verte... pero lo conozco bien y estoy segura que él no tendrá problemas con todo esto... es mas estará feliz de ayudarte.

-El es tu padre- le dijo haciendo énfasis en la palabra "Tu"- ¿Qué te hace pensar que aceptara a una extraña en su casa?

-No eres una extraña...- le contesto Elizabeth rápidamente- Eres mi hermana y estoy segura que el estará feliz de ser tu padre también.

-Y a ti ¿Qué te hace pensar que yo quiero un padre?-le pregunto Cally siendo muy grosera.

-Pues tampoco te haría daño uno- le dijo Elizabeth imitando el tono de su hermana; se sintió mal de inmediato por lo que había dicho pero la actitud de su hermana le había hecho perder la paciencia.- lo lamento- agrego al decir esto salió de la habitación dejando a Cally entre sorprendida y muy confundida.

Frederick llego confundido y sin saber que esperar luego de la llamada que recibió de su hija diciendo que tenían que hablar sobre algo que cambiaria sus vidas para siempre, y se sentía aun más confundido con respecto a que lo había citado en la mansión de los Leroy.
Al encontrar a Elizabeth en la entrada de la casa la siguió hasta un estudio donde le pidió tomar asiento y salió de la habitación sin decir una palabra más.
Aquella habitación le traía recuerdos y causaba en el sentimientos encontrados pues era ahí donde se había

leído el testamento de su amigo pocas horas después de su muerte.

Elizabeth llevo a Cally hasta la entrada de la habitación.

-Espera aquí ¿Si?... si te ve le puede dar un infarto- le dijo con aquella sonrisa que nunca faltaba para su hermana.

-Está bien, pero no te tardes- le ordeno Cally a su hermana.

Cally era una muchacha que acostumbraba a guardar sus sentimientos por lo que su hermana no pudo ver el miedo y los nervios de la muchacha, que tal si este hombre no la quería.

Elizabeth entro en la habitación y le sirvió un vaso con agua a su padre de una vasija que se encontraba sobre el escritorio, luego tomo asiento en una silla frente a el.

-Papá- comenzó a decir muy nerviosa.- Hay algo que necesitas saber.

-¿Qué pasa hija? No me asustes.

-No escucha... Me he dado cuenta de algo, que va a cambiar nuestras vidas para siempre, encontré a alguien que nunca me imagine que existía.

Frederick la miraba entre asustado y desconcertado, las palabras de su hija se escuchaban tan serias que lo primero que le vino a la mente fue matrimonio.

-Hay por Dios... no me digas que quieres casarte.

-Hay no papá.- le dijo la joven sorprendida- no se trata de eso.
-Hay mi niña- le dijo Frederick con un suspiro de alivio- no me asustes así, ya dime por favor de que se trata.

-Está bien... lo soltare... así sin más. – le dijo tomando aire hasta llenar sus pulmones.- Papá... Tengo una hermana gemela.

Al decir esto Frederick se congelo por un momento, luego comenzó a reírse a carcajadas, solo que parecía más una risa nerviosa que feliz.

-Hay hija... que cosas dices dijo él entre risas.- muy buena broma pero ya dime de una vez... ¿por qué me hiciste venir hasta aquí?

-Papá no es ninguna broma.

-Elizabeth ya basta- le dijo aun riendo pero esta vez había miedo en sus ojos.- Ya no hagas mas bromas.

-escúchame no es ninguna broma... encontré a mi hermana gemela, y quiero pedirte que la dejes venir a vivir con nosotros.

-Hija es que eso no es posible, yo estuve ahí el día de tu nacimiento y solo eras tú.

-Cometieron un error... en el hospital- le dijo la joven sin mencionar que su hermana fue raptada por un mago maligno.- Ella existe y está aquí.

Frederick sintió su sangre enfriarse en sus venas, no dijo nada, porque de su boca no podía salir palabra alguna, el rostro de su hija se notaba serio y no veía señales de estar jugándole ninguna broma o mintiéndole además su hija nunca le había mentido. Sus ojos abiertos por completo y su mirada clavada en los ojos de su pequeña Elizabeth.

-Dame un momento ¿Si?

Elizabeth salió por un momento a la puerta y cuando volvió a entrar vio que la acompañaba una hermosa joven, de tez blanca y cabellos oscuros; pero lo que lo dejo sin aliento fue el rostro de la muchacha, tenía a ambas jóvenes frente a él y la única diferencia que pudo ver entre ellas era su cabello.

Su respiración se entrecorto de golpe y su corazón comenzó a latir mas rápido que nunca, era como si un fantasma se encontrara frente a él, su rostro palideció y sus manos sudaban helado.

La joven frente a él no hizo mas que escanear la habitación con la mirada desinteresadamente mientras Frederick recuperaba la cordura.

Pasaron varios minutos sin que Frederick fuera capaz de decir una palabra hasta que por fin se sintió mejor y pregunto:

-¿C-cómo te llamas?

-Cally- dijo con sencillez- Caroline- se corrigió enseguida.

-Cally se escucha muy bonito- dijo el aun algo sorprendido- ¿Te molesta si te llamo así?

-no- dijo la muchacha con sequedad.

-Vaya- dijo Frederick pasando una mano sobre su cabello y reclinando la silla hacia atrás.-son como dos gotas de agua, es impresionante Y ¿Dónde has vivido todo este tiempo?... ¿Con quién?

Cally sospecho que decirle la verdad de su pasado no era lo más correcto, que un humano como él jamás lo entendería, el hombre frente a ella ya se veía bastante asustado solo con el hecho de verla, no quería imaginarse como seria si le contara que era una princesa y además de un mundo donde sus habitantes eran magos. Así que se lo pensó un momento antes de responder.

-En un orfanato- mintió- en Francia.-dijo recordando la locación del castillo donde solía vivir.

-¿Un orfanato?- pregunto Frederick quien al escuchar esto se imagino como la vida de aquella muchacha habría sido completamente diferente de haber crecido con él y su hermana.-Criatura lo siento tanto.

Cally se sorprendió al ver que aquel hombre de verdad parecía sentirse terriblemente mal por ella, y de la calidez con la que le hablaba como si de verdad se preocupara por ella. <<Es extraña la forma de pensar de los humanos>>pensó Cally.

-¿Cómo llegaste tan lejos?- le pregunto Frederick.

-ha… yo…- balbuceo sin saber que decir.

-Cally solía vivir en un orfanato aquí… pero lo clausuraron por falta de fondos y los transfirieron a un orfanato en Francia… ¿No es cierto Cally?- dijo Elizabeth de un salto.
Cally la miro con disimulada sorpresa nunca se imagino que su hermana pudiera mentir de aquella forma.

-Si- dijo sintiéndose mal de mentirle a aquel hombre tan amable.

-Pues ya está dicho-dijo Frederick poniéndose de pie.- No voy a dejar que sigas sufriendo una vida que no te corresponde ¿Te gustaría venir a nuestra casa… y vivir junto a nosotros?- le pregunto con una sonrisa.

-¿Me pides que viva con ustedes?... pero tú no me conoces… no sabes nada de mi… ni quien soy.- le dijo tratando de esconder su sorpresa.

-No necesito saber más de lo que ya se… eres la hermana de Elizabeth y para mí eso es más que suficiente.- dijo Frederick con determinación.

Cally miro a Elizabeth fijamente entendiendo de repente porque aquella muchacha era de aquella forma tan dulce, servicial, alegre. Era porque nunca en su vida le había hecho falta el amor, estaba rodeada de él, amigos que la aceptaban como era, Alex quien parecía estar dispuesto a dar lo que fuera por mantenerla a salvo y un padre que la amaba con locura, era una chica afortunada. Cally no pudo evitar pensar en Demian el había sido la única persona que le había brindado un amor incondicional, en sus labios se dibujo una sonrisa llena de tristeza, Elizabeth en cambio le dedico una sonrisa alegre, la joven parecía muy feliz de haber encontrado a su hermana.

-Está bien- dijo Cally con algo de timidez.

En el rostro de Frederick se dibujo una amplia sonrisa y sus ojos se veían orgullosos y llenos de satisfacción.

-Bienvenida a la familia- dijo dando un paso al frente y extendiendo los brazos para darle un abrazo a la muchacha quien dio un paso atrás enseguida poniéndose muy seria.

-Tengo una condición- dijo de repente.

-Bien... -dijo Frederick algo divertido por el pedido de la joven.

-Sin abrazos... besos... o muestras de afecto- dijo ella.

Frederick dio un paso atrás haciendo una mueca que hacia sobresaltar su labio inferior y levantando ambas manos en el aire en señal de inocencia.

-Hecho- dijo él con una sonrisa.

El y Elizabeth la miraron y comenzaron a reírse, Cally levanto una ceja preguntándose si era de ella de quien se burlaban, La escena parecía perfecta para una fotografía. Sin demostrar nada Cally escondió la calidez que sentía en su interior y por primera vez en su vida se sintió parte de una verdadera Familia.

# Epilogo
## Tres meses después

Cally se encontraba caminando por el salón de la que había sido su última clase del día en el Washington Elite High School, semanas después de mudarse a la casa de los Greene. Frederick busco matricularla en la misma escuela donde asistía Elizabeth, Cally siendo muy inteligente como era; no había tenido problemas en pasar los exámenes de prueba que le habían impuesto sacando calificaciones altas y permitiéndole comenzar al mismo nivel que su hermana y los demás guardianes.
Incluso las autoridades del instituto le habían ofrecido una gran lista de opciones sobre clases avanzadas que podía tomar en su tiempo libre, clases que le permitirían ganar créditos para asistir a las mejores universidades del país.

La vida junto a su hermana y Frederick le parecía muy diferente a la vida que había llevado junto a Yiran, aquellos días estaban ya casi olvidados pero aun después de haber pasado aquel tiempo no podía olvidar a Demian ni la forma en que lo había perdido y no podía dejar de imaginar cómo sería su vida ahora si él estuviera a su lado, pensó que de ser así lo tendría todo, desafortunadamente tenerlo todo era imposible.

Frederick le había pedido en incontables ocasiones que le llamara papá, pero el orgullo de la muchacha no se lo había permitido. En cambio el se conformaba con que lo llamara simplemente Frederick y que tuviera la confianza de acercarse a él si alguna vez llegaba a necesitar de su ayuda.

Ahogada en sus pensamientos la joven cruzo la puerta sin notar al muchacho que caminaba distraído por los pasillos.
Chocaron fuertemente haciendo que la muchacha perdiera su balance, los libros en sus manos cayeron desordenados por el suelo...

-Oye ¿Qué estas ciego?- exclamo la muchacha molesta.

-Lo siento- se disculpo de inmediato mientras se agachaba para recolectar los libros de la muchacha.

Al mirarse ella vio a un atractivo joven de tez blanca y cabello castaño, parecía alto y sus ojos eran de un color extraño, eran azul profundo pero tenían un brillo de color violeta, Cally quien se había quedado viendo al muchacho fijamente, le pareció haber visto aquellos ojos y aquellos rasgos en alg
una otra parte, pero pensó que tal vez estaba equivocada. El joven muy caballerosamente después de juntar todos los libros le ayudo a levantarse.
Ella se aparto de él con rapidez.

-Yo puedo sola... gracias.-le dijo ella muy apenada.

-Lo siento- le respondió el con una sonrisa- no vi por donde iba, es que estoy algo perdido ¿Sabes? Lo lamento mucho ¿Te lastime?

-No- le dijo ella mirándolo de nuevo directamente a los ojos.-oye... me pareces muy familiar... ¿Te conozco de alguna parte?- le pregunto ella con curiosidad.

-No lo creo- le dijo el sin borrar su sonrisa.- Soy nuevo en esta ciudad y este es mi primer día en la escuela...

-Ya veo- dijo Cally sacudiendo levemente su cabeza, por un momento tuvo la impresión de que aquel muchacho no decía la verdad y que definitivamente lo había visto antes, pero volvió de nuevo a la realidad y se dio cuenta que no había forma de conocerlo ella tampoco tenía mucho tiempo de haber comenzado en esa escuela.

-Disculpa, de verdad estoy perdido ¿me puedes ayudar? necesito llegar a la oficina del director.- dijo con despreocupada coquetería.

-Al final del pasillo, doblas a la izquierda, sigues derecho la oficina tiene un letrero muy grande que dice dirección- dijo ella mostrándose algo impaciente.

-Gracias- le dijo el- ¿te... veo luego?

-Espero que no- le dijo ella.

Esta respuesta se gano otra de las sonrisas del muchacho
pero esta era más amplia.

-Me llamo Ángel- le dijo ofreciéndole su mano- ¿Cuál es tu nombre?

-Cally- dijo ella simplemente ignorando la mano que el muchacho extendía frente a ella.
El muchacho enrollo sus ojos al mismo tiempo que sacaba aire por la boca retirando la mano que la muchacha había rechazado, el joven nunca había conocido a alguien como aquella interesante muchacha ni mucho menos a alguien con su carácter por lo que algo en el despertó una gran curiosidad por conocerla más a fondo.

-Cally...mmm. Tengo que irme... pero que tengas un muy buen día.- le dijo en ademan coqueto mirándola directamente a los ojos.

Ella no respondió a su despedida y le dio la espalda sin más siguiendo su camino; por lo que no pudo ver al misterioso joven de ojos violeta que alzaba una de sus cejas y la miraba con mucho interés.

La muchacha camino hasta el parqueo de la escuela donde se encontraba el auto que Frederick les había regalado a ambas, entendiendo que las jóvenes necesitaban de un transporte más estable y cómodo. Se trataba de un Volkswagen Jetta modelo 2011 color negro.

-¡Cally!... Cally- la llamo Elizabeth que llegaba corriendo a su lado -Te he estado buscando por todos lados... recuerda que quedamos con los chicos hace media hora- dijo la joven- deben estar esperándonos.

-Pues que esperen un poco mas- dijo Cally con sencillez.

-Hermanita- le dijo Elizabeth con dulzura.

-No me llames así ¿Quieres?

-Perdón... Cally- se corrigió entonces.
-Bien Elizabeth... ya vámonos es tarde- dijo abriendo la puerta y quitando el seguro de la puerta del pasajero- sube ¿Qué esperas?- la apresuro.

Después de esto puso el vehículo en marcha y se dirigió directamente hasta la mansión que era el hogar de Alex.

Llegaron momentos después dándose cuenta que eran las ultimas en llegar, fue Alex quien salió a su encuentro, camino desesperadamente hacia Elizabeth tomándola en sus brazos y plantando un suave beso en sus labios, luego y muy secamente dedico un saludo a Cally quien le respondió de la misma forma, los muchachos habían aprendido a tolerarse pero era obvio que entre ellos la amistad estaba muy lejos de existir. Sasha, Jennifer, Bryan y Neliana los esperaban en el despacho que había pertenecido a Jonathan Leroy; Se habían reunido ahí para decidir cuál sería el siguiente paso a seguir.

-Bueno ya que todos estamos aquí- comenzó Neliana reprendiendo a las muchachas con la mirada- Tenemos que tomar una decisión... Ahora que tenemos todas las partes de la llave que abre la puerta hacia Shalon... Sasha y yo hemos discutido la posibilidad de abrir la puerta he ir a Shalon de inmediato y ver que se puede hacer para devolver la luz a nuestro mundo.

-Eso no es posible- dijo Alex negando con la cabeza.- Estando Aymon vivo no podemos hacer eso; estoy seguro que el esta monitoreando la puerta, al haber un cambio el no perderá la oportunidad de cruzar, recuerda que para abrir la puerta se necesita gran cantidad de magia de ambas princesas, él lo sabe también y si ataca ellas serán vulnerables no nos podemos arriesgar de esa manera.
-Entonces ¿Qué propones?- pregunto Neliana.

-Tenemos que encontrar a Aymon primero, derrotarlo y luego cruzar.

Cally quien había permanecido en silencio analizando lo que decían los demás decidió intervenir.

-Y ¿Cómo tienes pensado encontrarlo?- le dijo muy seria- Demian no logro decirle a nadie donde está. ¿Cómo encontrarlo si no sabemos ni siquiera por dónde empezar a buscar? Es imposible, es de Aymon de quien hablamos.

-Pues yo aun lo recuerdo- dijo una voz a sus espaldas.

<<Esa voz>> pensó Cally quien se quedo helada de momento, todos en la habitación se encontraban sorprendidos, los únicos que parecieron no asustarse fueron Alex, Jennifer y Neliana.

Cally se volteo muy lentamente aterrada de lo que vería entonces, cuando lo hizo, trago saliva de golpe, se puso pálida y su cuerpo temblaba con violencia. El joven frente a ella se encontraba con una cautelosa sonrisa y sus ojos verde esmeralda miraban fijamente a la muchacha.
Cally quiso gritar, quiso correr en dirección al joven comprobar que no estaba loca, que lo que veía no era una alucinación.

-Demian- fue lo único que pudo decir, mientras sus ojos se llenaban de lágrimas.

-Sera mejor que los dejemos... creo que tienen cosas de que hablar.- dijo Neliana caminando hacia la puerta.

El resto de los jóvenes la siguieron.

-Alex ¿Qué significa esto? ¿Cómo es esto posible?- dijo Elizabeth mientras se dirigía hacia la puerta.

Ambos jóvenes se encontraban solos en la habitación, había tensión en el aire, Cally aun continuaba sin poder moverse.

-¿D-Demian?- dijo la joven con voz temblorosa- ¿Cómo...?-No pudo terminar de formular la pregunta.

-Caroline Delorme- dijo él con una media sonrisa su en su voz no había felicidad sino que se escuchaba fría y sin emoción.- Que gusto volver a verte.

Cally encontró sus ojos, pero todo en el era diferente aquellos ojos en otras ocasiones con solo verlos le transmitían una gran cantidad de emociones, se encontraban sin brillo, trato de ver más allá pero era como golpearse contra una pared de hielo.

El joven dio un paso al frente y automáticamente ella dio uno hacia atrás sin notar que la pared se encontraba tras ella, esto la tomo por sorpresa, ya que algo en el joven le causaba una emoción que nunca había sentido hacia el... era miedo.
Fue cuando se dio cuenta que su cuerpo aun temblaba y que no era precisamente por la sorpresa de verlo, era una sensación involuntaria e inevitable.

El sonrió una vez más al ver la reacción de la muchacha era como si su miedo le causara gracia. Era su cuerpo, su rostro, sus ojos; pero era un Demian totalmente diferente y aterrador.
Se acerco mas, sabiendo que la muchacha no se podía alejar y la acorralo contra la pared pegando su cuerpo al de ella.

-¿Qué pasa Cally?- Pregunto el mirándola a los ojos- ¿Me tienes miedo?

-No- dijo ella mirando a un lado sin poder sostener su mirada.

-No lo parece así- le dijo él con una peligrosa sonrisa.

-¿Quién eres?- le pregunto clavando sus ojos en los de él y con su voz temblándole produciendo un nudo en su garganta.

-¿Quién crees tú que soy?-le pregunto él. Por un segundo le pareció ver curiosidad en sus ojos, pero fue tan breve que creyó haberlo imaginado.

-No lo sé- dijo ella sin poder detener las lagrimas que cayeron por su rostro.

-Eres débil, Cally... me decepcionas- dijo el joven.

-¿Qué... quieres?- pregunto ella sin poder aguantar su presencia por mucho tiempo más.

-Ya lo veras- le dijo el al oído.

Después de esto se separo de ella y salió de la habitación.

Cally perdió la fuerza en sus piernas y se deslizo por la pared hasta el suelo.
Ahí la encontraron Elizabeth y Alex, les sorprendió ver como la muchacha se veía indefensa y tan asustada de sus ojos no dejaban de caer lágrimas y su respiración era entrecortada. Algo les decía que aquella era señal de que lo que era Demian ahora no les traería nada bueno.

Llego la noche Cally se encontraba en la ventana observando cuidadosamente la luna desde la habitación que compartía con Elizabeth mientras esta dormía. Sus ojos pegados en aquel astro, pero su mente vagaba muy lejos de ahí, tanto fue así que no escucho a su hermana levantarse de su cama y acurrucarse a su lado.

-No puedo dormir- le dijo Elizabeth al ver que su hermana se percataba de su presencia.-Parece que tu tampoco.
No hubo respuesta.

-Lo de hoy ha sido muy impresionante- continuo Elizabeth- ver a Demian de esa forma...

-Ese no es Demian- la interrumpió Cally de golpe- El no es Demian.

- lo lamento... debe ser muy difícil para ti.

-Tu no sabes nada- le dijo con grosería.

-Te equivocas... no tienes que fingir conmigo- le dijo Elizabeth con dulzura- algunas veces siento que tú sientes... y sé que tu también.

Cally la miro a los ojos por un momento, luego aparto la mirada y suspiro.
-Ya vete a dormir- le dijo con suavidad- es tarde y mañana hay escuela... no te preocupes por mí.

-Jamás podría no hacerlo- le dijo Elizabeth con una sonrisa.

-anda ya- le dijo la joven pero no parecía molesta sino más bien como si no quisiera que su hermana supiera lo agradecida que estaba de contar con su apoyo incondicional.

Elizabeth se levanto y se dirigió a su cama, se metió bajo las sabanas.

-Buenas noches hermanita.

-Buenas noches- respondió Cally sin mirarla.

-Ah y Elizabeth- dijo llamando su atención.
Esta la miro con curiosidad.

-¿Si?- le pregunto.

-Gracias- dijo Cally con una pequeña sonrisa, volviendo luego su rostro hacia la ventana.

Se quedo ahí observando la luna un rato más. Pensando en qué les depararía ahora que las cosas habían cambiado tanto. ¿Serian capaces de encontrar a Aymon? Y si así era ¿Serian capaces de vencerlo? ¿Qué pasaría ahora que la única respuesta estaba en aquel Demian oscuro y lleno de maldad? Nadie tenía las repuestas, pero por ahora estaban juntas, después de tanto tiempo al fin estaban juntas y su magia ahora era más fuerte que nunca.

# Agradecimientos

Primeramente gracias a Dios que me ha dado la oportunidad tan grande como es dar a conocer mi trabajo.

A ti madre que siempre has estado ahí sin importar cuan locas te suenen mis ideas, me criaste en los caminos de Dios y me hiciste quien soy ahora Te amo madre.

A mi hermana Seylin que me has brindado cariño incondicional, y además has traido el mundo a ese ser tan bello que es mi sobrino Daniel Alejandro Sevilla a quien yo amo con todo mi corazón, niño bello de mis ojos, eres mi inspiración los amo inmensamente a ambos.

Porfirio cuñado gracias por todo, me alegra grandemente tenerlo en la familia.

Fanny quien sin importar que pase has estado a nuestro lado, mi familia y yo te lo agradecemos y te amamos con todo nuestro corazón.

Gabriel primo te quiero muchísimo.

Abuelas, Tios, Primos. Los amo.

A todos mis hermanos y hermanas son parte de mi corazón los quiero.

A mis amigos que también considero como mis hermanos Jefry, Vanessa y Samuel, gracias por demostrarme que la amistad de verdad existe, eso y más fue lo que encontré en ustedes.

A mi padre por enseñarme que los sueños se pueden lograr y que solo tengo que creer en mí misma.

A mi Tía Anarda quien me has enseñado la vida en un país nuevo, me has dado cariño y has sido como mi madre cuando la mía estaba lejos.

Lissete y Gerardo gracias por sus consejos y su amistad.

A Jennifer Helguera quien me has demostrado cariño y me has acompañado cuando me sentía sola.

A mi hermano Amed H. Te amo con todo mi corazón hermano gracias por acompañarme en este viaje y estar conmigo en los momentos más difíciles, además gracias por tus ideas. Eres Increíble y Te amo.

Y finalmente a mi hermana Heydi, has sido mi punto de apoyo, mi primera lectora, y me has dado la confianza para llevar a cabo este proyecto, gracias por prestarme tu nombre. Te amo y espero que estemos juntas muy pronto.

Francisco Amaya quien me has prestado tu precioso arte para esta portada, Te quiero muchísimo Gracias.

Ademas agradecerles a mis amigos Francheska, Marietta y la familia Romero, Lisbeth Elvir, Alejandro Cerrato, Erick Cortes, Maria Fernanda Rodriguez y Daniel Murillo quienes siempre han recordados los bonitos momentos y me llenan con su amistad y cariño.

A mis amigos de Trafford Publishing por la paciencia que han tenido para conmigo además de los servicios que me han brindado buen trabajo.

Hay tantas personas a las que me gustaría agradecer, si me ha faltado alguno sepan que los amo y los recuerdo con cariño.

Muchas gracias.